新中国成立 70 周年优秀电影剧本集

中国文联电影艺术中心　编

CFP 中国电影出版社
2020 · 北京

图书在版编目（CIP）数据

新中国成立70周年优秀电影剧本集／中国文联电影艺术中心编．—北京：中国电影出版社，2020.12
ISBN 978-7-106-05131-0

Ⅰ．①新…　Ⅱ．①中…　Ⅲ．①电影文学剧本—作品集—中国—当代　Ⅳ．①I235.1

中国版本图书馆CIP数据核字（2020）第257154号

策　　划：张　爽
责任编辑：苗　卉
装帧设计：张藏匀
责任校对：林　娜
责任印制：孙　杉

新中国成立70周年优秀电影剧本集
中国文联电影艺术中心　编

出版发行　中国电影出版社（北京北三环东路22号）邮编：100013
电话：64296664（总编室）　64216278（发行部）
64296742（读者服务部）E-mail:cfpbjb@126.com
经　　销　新华书店
印　　刷　北京金康利印刷有限公司
版　　次　2020年12月第1版　2020年12月北京第1次印刷
开　　本　710×1000　1/16
印　　张　21
字　　数　230千字
定　　价　150.00元

1. 打开微信，点击右上角“+”位置，使用“扫一扫”
扫描上方小程序二维码

2. 进入“中国电影出版社”小程序，点击“扫一扫”
按钮

3. 扫描书中条码，即可观看相应精彩视频

目　录

电影《人间四月天》

编剧：饶曙光　杨宓

故事梗概

抗日战争时期，日本对中国的侵略不仅限于军事战争，还有一场更为深远的“文化战争”，制定了“文化灭华”战略，以期斩断中华文化之根基，使日本成为新的坤舆文明之中心。

1937年七七卢沟桥事变，日本发动了全面侵华战争，一方面对中国军事占领，一方面加紧实施“文化灭华”。对中国古迹和书籍实行摧毁，对文化教育、科研机构狂轰滥炸，对中国知识分子要么为己所用，要么肆意杀害。

日军猛烈进攻北平，我守军拼死抵抗，7月29日北平陷落。“东亚共荣协会”拟订在京的文化名人和知识分子名单，将中国营造学社的梁思成和林徽因圈在名单中，送去请柬要他们参与会议，并发表对“东亚共荣圈”的看法。

接到请柬的梁思成和林徽因，意识到他们已被日本人盯上，要想不当汉奸，必须逃离北平。第二天一早，梁思成和林徽因带着全家老小，前往火车站先行逃往天津。“东亚共荣协会”会长没看到梁思成到会，让人上门查看，见已人去屋空。日本宪兵展开全城搜寻。梁思成和林徽因在火车站，见日本兵在检查来往人员证件，正在犯难中，有认识他们的人不惜自己被抓制造混乱，帮助他们混在难民中，上了火车逃往天津。

他们后来辗转乘坐大汽车前往昆明，走到湖南小城晃县被拦下，说车被征用，几时能走得等待通知。天下着雨，小城人满为患，他们找了几家旅店都客满了。林徽因发着高烧，路过一家茶馆，他们不得已闯了进去，请求打个地铺凑合一晚，但怎么说老板也不同意。就在无奈的时刻，不远处传来一阵悠扬的小提琴声，梁思成随着琴声来到一栋小楼前敲门求助。里面住着二十来个中国空军杭州笕桥航校第七期的学员，他们也是撤往昆明被阻在晃县好几天了，他们得知情况后非常热心，腾出一间房给梁思成和林徽因。两个星期后，梁思成和林徽因才赶上一辆开往昆明的小公共汽车。

中国的文化抗战如火如荼地在大后方展开。辗转到昆明成立的西南联合大学、同济大学及其他科研院所，开始了学习和研究工作。梁思成、林徽因所在的营造学社，也在川康地区开展对古建筑、崖墓等的考察。

日本制定的“文化灭华”战略并没有放松，在对中国昆明大后方进行战略轰炸的同时，对疏散到昆明的院校和科研机构也进行狂轰滥炸。昆明已难以安下一张安稳的课桌。

中国营造学社随中央研究院历史语言研究所，迁徙到“地图上都找不到的地方”四川宜宾李庄，一同迁往李庄的还有同济大学几千名师生和家属，以及一些其他研究机构。那时的李庄成了抗战时期的四个文化圣地之一。

营造学社安置在月亮田简易的房舍里，条件十分艰苦。就在这样的环境里，他们仍然坚持研究建筑学，梁思成跑了不少地方考察。林徽因一方面担负起家务琐事，一方面帮助整理文稿。他们还以简陋的方法，恢复了社刊，受到国际学术界的赞誉和好评。同济大学也在困难的条件下开课，小小的李庄有了琅琅的读书声。为了民族的复兴，他们传承着文明的火种。在另一个战场展开“民族精神与文化博大精深的砥砺，磨砺民族精神之剑”。当日本人看到梁思成、林徽因他们复刊的社刊，恼羞成怒，也非常沮丧。

在李庄，梁思成一家一贫如洗，生活极其艰辛，梁思成卖掉了钢笔等生活用品维持生计。梁思成早年因车祸脊椎受过伤，坐久了支撑不住，就用花瓶放在颌下继续撰写文章。患有肺结核病的林徽因旧病复发，病情加重，在简易的行军床上卧床的四年时间里，她忍住病痛，时常吐血，仍然帮助梁思成完成了《中国建筑史》《图像中国建筑史》。虽然生活清贫，工作艰辛，病魔缠身，但他们依然是乐观的。在病榻上，林徽因回忆起1937年6月在山西五台山的那次考察，与梁思成和营造学社的同仁一起找到了唐代建筑佛光寺。这一重大发现令他们非常高兴，并要老僧人和他的哑巴弟子保护好这些建筑，说以后还要来考察。而就在她回想的时间里，老僧人等来的不是考察人员，而是入侵的日本兵，他被残忍地杀害，寺庙也被烧毁。她还回忆到1924年在北京见到印度诗人泰戈尔，演出取材于印度史诗《摩诃婆罗多》中的故事《齐德拉》短剧，她扮演公主齐德拉，徐志摩扮演爱神玛达那，梁思成负责舞台布景设计，欢迎泰戈尔的情形。

美国方面邀请梁思成去美国大学讲学，并同意让林徽因一同去美国治病。他们却说祖国在受难，决不离开祖国。在李庄他们坚信中国必定会赢得这场战争，而战后的祖国百废待兴，需要建筑方面的人才。

林徽因的三弟是空军飞行员，在成都空战中与敌机战斗，壮烈牺牲，林徽因极度悲伤。事隔三年后，那个当年在晃县拉小提琴的飞行员来李庄看她，把唱机和几盘歌碟留给她，然后上了前线。不久传来他英勇牺牲的消息，她悲痛写下悼念弟弟的诗作。眼前浮现出在昆明自己作为航校第七期名誉家长，参加毕业生典礼时的情形，以及不时传来的他们一一阵亡的消息。

梁思成和林徽因的美国朋友费正清夫妇来李庄看望他们，他们非常开心快乐。他们的办公地点有棵大树，梁思成让人绑了根竹竿，让年轻的工作人员爬竹竿，说练好功夫以后测绘古建筑时好攀梁上屋。林徽因还为费正清夫妇朗诵拜伦的励志诗，费正清夫妇在此见证了同济大学莘莘学子投笔从戎的情形。看到中国知识分子的执着和李庄的现状，他们感慨：中国学者所承担的社会责任，已根深蒂固地渗透在社会结构和个人前途的期望中，由此断定中国不会亡。

1943年美军开始进入战略反攻，日军节节败退，美军将对日本进行大轰炸。梁思成上书盟军司令部，并标出地图，使得日本京都和奈良的古建筑免遭毁坏。他认为那是人类共同的财富。

1945年8月15日，日本宣布无条件投降，李庄沸腾了，大家纷纷涌上街头庆祝抗战的胜利。林徽因非常兴奋，不顾病体，叫人用简易的自制滑竿抬着自己，来到李庄镇，庆祝胜利的到来。身在重庆的梁思成也及时赶回，参加庆祝活动。

抗战胜利后，同济大学和各研究机构相继离开李庄回迁，梁思成和林徽因受聘清华大学建筑系。他们登上轮船，在一声汽笛中告别了生活工作了六年的李庄，也告别了背井离乡的九年时光，开启新的征程。

剧本

1. 天空　日　外

晴空万里，云卷云舒。看似晴好的天空，却透出云谲波诡。

（画外音）轰鸣的飞机马达声越来越强烈。

云层之上，出现一群日军轰炸机群，三架、五架、十架、二十架……密麻麻铺天盖地，直扑昆明而去。

一架护航机中的日本飞行团青木大佐，斜视地盯着前下方的昆明城，骄横地下达命令（日语）：“一飞行战队轰炸昆明城，二飞行战队跟我去对付那些学校和科研院所。”

耳机中响起二飞行战队中佐三木队长的回音（日语）：“学校和科研院所不是军事目标，几轮轰炸了，用得着投入如此大的兵力吗？”

青木：“我也不知内阁那帮人是怎么想的，不过你我都是军人，执行吧！”

二飞行战队所属的几十架飞机拐弯直扑目标。

飞机飞临目标上空，青木斜视着机翼下方，露出残忍的狞笑，一按按钮，机腹中装载的炸弹顷刻间朝地面坠去。

（镜头拉开）几十架飞机的腹部都投下炸弹。

2. 地面　日　外

A. 西南联大校舍　日　外

防空警报尖厉地响起。

学校的师生们从教室里出来，在奔跑躲避，炸弹四处爆炸。有的房子被炸塌。

B. 同济大学校舍　日　外

同济大学同样遭到轰炸，师生们躲着空袭，一枚炸弹在几个奔跑的学生附近爆炸。学生中有负伤的，有一个男生被当场炸死。

有几个学生扑上去悲伤地呼喊着。

C. 龙头村　日　外

一架架日机从树梢上方飞过。

梁思成、林徽因、林母都趴在离住家不远地头的凹地上，躲着飞机轰炸。

梁思成在地上一手按住女儿，一手按住儿子。

儿子将头望向飞机。

轰炸机敞式座舱里戴着风镜的日本飞行员，看得非常清楚。

3. 天空　日　外

青木大佐看着陷入一片火海的地面，露出狰狞的面孔，抬头与另一架比邻的日机里的三木中佐相视得意而笑。

4. 日军侵华司令部会客室　日　内

一部唱机播放着日本歌曲。

（镜头拉开）日本中国派遣军总司令官西尾寿造大将和几个日本军官及文职官员，在看几个日本艺伎的表演。

一个日本少将进屋，头一低："报告司令官阁下！"

西尾总司令向那些艺伎一挥手，那些艺伎知趣地退了下去。

日本少将："我飞行师团对中国大后方的战略轰炸，取得不俗战绩。”

西尾赞赏地：“很好！”

日本少将欲言又止。

西尾：“还有什么要讲的？”

日本少将：“在战事吃紧的当下，有属下对把学校和科研院所列为重点轰炸目标有所不解。”

西尾把头掉向一个西装革履的文职官员，日本大东亚省驻北平公使楠本实隆。

楠本实隆：“我大日本帝国对中国的战争，不限于军事战争，还有一场更为深远的‘文化战争’。要实现对其长久统治，必须斩断中华文化之根。”

5. 昆明麦地村中国营造学社　黄昏　外

昆明市郊营造学社在敌机的空袭中受到破坏。

梁思成和林徽因，带领学社同仁在维修被炸弹毁坏的房舍。

一位30来岁的同仁刘先生骑在屋脊上盖着瓦片，说：“想不明白，这小日本的飞机专挑学校、科研院所轰炸。”

林徽因在下面给另一人递瓦片，接过话题道：“此外，他们对文化人要么为己所用，要么肉体消失。”

站在另一处递瓦片的梁思成：“有什么想不明白的？这是他们实施的‘文化灭华’的一部分。”

刘先生看着梁思成：“文化灭华？”

梁思成凝重地望着远天：“他们是想斩断我中华文化之根

基，使日本成为新的坤舆文明之中心。”

林徽因：“这是一场关乎中华文明薪火传承的战争。”

（显字幕）现片名及演职人员表。

6.（闪回）三年前

（历史镜头）日军猛烈进攻北平，我守军拼死抵抗。

（画外音）1937年七七卢沟桥事变，日本发动了全面侵华战争。7月29日北平陷落。

7. 北京北总布胡同3号梁思成家　日　外

饭厅。梁思成、林徽因、林母及两个小孩梁再冰、梁从诫一家人在用餐。

林徽因对梁思成道：“如今北平沦陷，几所著名高校师生转走了，你今天见了朱老社长他怎么说？”

梁思成神情忧虑：“这里已无法开展工作，他把未来的希望都托付给我。”

林徽因：“我们也得走吗？”

梁思成刚要答复，家里老管家来报：“思成，有两个日本人上门要见您。”

梁思成皱了皱眉头：“什么人？”

老管家：“说是什么‘东亚共荣协会’的。”

梁思成放下碗筷：“人呢？”

老管家：“在客厅。”

梁思成站起身，步出饭厅。

客厅。一个中年日本人背着手看着墙上的画，另一个年轻日本人在打量着四周。

梁思成跨进。

中年日本人回转身，看着梁思成："你是梁思成先生吧？"

梁思成打量他，冷冷道："我可不认识你。"

年轻日本人介绍道："这是'东亚共荣协会'的池田会长。"

梁思成疑惑地看着池田："找我有什么事？"

池田从身上摸出一张请柬，上前两步递给梁思成："我们协会将在明天召开会议，特邀请梁思成先生及夫人参加，还请你发表对'东亚共荣圈'的看法。"

梁思成没有接请柬。

池田颇为尴尬，把请柬放到屋子中间的圆桌上："你们中国有句古话我想提醒你。"

梁思成不屑地看着他。

池田："不要敬酒不吃吃罚酒。"说罢怒气冲冲而去。

年轻日本人跟在后面气冲冲地退出。

林徽因走向客厅，在门口看着怒气冲冲离去的日本人，随后进了客厅。

林徽因对面色凝重的梁思成道："思成，他们来干什么？"

梁思成把请柬递给林徽因。

林徽因看后，愤怒地将其撕碎。

梁思成上前双手扶在林徽因的肩头："我们被日本人盯

上了。”

林徽因：“我们怎么办？”

梁思成：“我们得走，明天一早就走，你快去准备。”

林徽因点点头。

8. “东亚共荣协会” 日 内

会场坐着稀稀拉拉的人。

池田会长和那个日本少将坐在主席台上，中间的是穿着西装的楠本实隆。

楠本实隆不满地扫视会场，掏出怀表看了看，威严地对池田会长道：“怎么就来了这么点人？”

池田会长：“在北平的文化名人都发去了请柬的。”

楠本实隆口气严厉，带着威胁道：“看来还得上门一一去给我请来！”

池田会长：“已经分头派人去了。”

日本少将杀气腾腾地：“你的告诉他们，要么是这里的座上宾，要么是大日本帝国的阶下囚。”

昨天到过梁思成家的那个年轻日本人慌慌张张奔了进来：“池田会长，不好了，梁思成一家不知去向。”

池田会长：“怎么，跑了？”

年轻日本人：“我们在他家附近找遍了都不见人。”

楠本实隆气急败坏地：“梁思成夫妇是很有影响的，怎么能让他们给跑了？”

日本少将霍地站了起来，大喊道："给我全城封锁搜查，特别是机场车站。"

日本少将身后的一个军官："哈依！"

9. 北京街头　晨　外

昔日繁华的北京街头，如今行人稀少。

随处有荷枪实弹的日本兵在巡逻。

日本兵和"东亚共荣协会"的人在街头四处查找。

10. 北京火车站　晨　外

日本军警严厉排查进站人员。发现他们认为可疑的就集中到一边，并用枪托在他们身上打着。

一辆黑色轿车开来在远处停下，梁思成一家下了车。

梁思成看到日本军警在盘查，和林徽因对视了一下。

有一个年轻人走到他们跟前，低声问梁思成："您是梁先生吧？"

梁思成疑惑地看着他。

年轻人："我是东北大学的流亡学生，听过您的课。"看着那边的盘查，"我看见有日本宪兵在拿着您的照片，查看进站的人员。"

林徽因担忧道："思成，怎么办？"

梁思成："今天不走就再没有机会了。"对林徽因道，"我们分开进站，我要是被抓，你带家人先行离开。"

林徽因：“不，要死死在一块儿。”

梁思成：“我们都得好好活着。”说罢拎起了行李箱。

林徽因上前与他拥抱。

梁思成随后朝进站口走去。

林徽因也领着家人走到另一处进站口。

那名学生看着他们思量着。

进站口。进站的逃难者排着长长的队伍。

梁思成摸出一副墨镜戴上，随着人流来到进站口。

一个日本人过来盘查，说着生硬的中国话：“你的什么人？”

梁思成：“鄙人姓杨，一个穷教书的。”

那日本人：“去哪里？”

梁思成：“天津，表姐病了。”

那日本人指了指他的眼镜：“把墨镜取下来。”

梁思成只得摘了下来：“这两天眼犯病，不能吹风。”

这时一个拿着梁思成照片的汉奸，在不远处比照着进站人。

日本人对那人喊道：“你的过来！”

那汉奸对日本兵谄笑，走了过来。

梁思成未免有些紧张。

这时一个年轻人突然跑了过来，路过那日本兵时，猛地推开他朝前跑去。

日本兵：“八格牙路！”持枪追了上去。

排队的人群一下混乱起来。

梁思成连忙趁机进了站口。

待他回头看时，那年轻人已被两个日本兵抓住，那人正是东北大学的学生。那学生脸上没有害怕，而是露出胜利者的微笑。

梁思成知道他是为了掩护自己才被抓的。（闪回完）

11. 昆明营造学社地址　黄昏　外

梁思成坚定道：“我们的文明薪火必须得以传承，再苦营造学社也必须坚持下去。这是一场文化抗战，必须取胜。”

12. 昆明梁家　日　内

林徽因的三弟林恒与几个飞行员，拿着飞机模型设想各种各样的战斗场面，讨论空战战术。

林徽因和梁思成也在一旁听着。

他们讨论完后，林恒对林徽因道：“姐，我们会誓死捍卫国家的尊严。”

林徽因：“你们都是好样的。”

13. 同济大学校方会议室　日　内

校方在召开校务会议。

一位姓叶的中年教师义愤填膺：“这帮狗日的日本人，我们在上海他们轰炸；我们迁徙长沙他们轰炸；我们到南京他们轰炸；我们辗转跋涉七省一国，到这云南他们也轰炸。”叹了口气，“咳，偌大中国难安一张安稳的课桌。”

校长：“我们请国民政府教育部向宜宾行政公署发函寻求

支持，寻找新的落脚点，可等来的是所辖宜宾、南溪、江安、兴文等县一封封令人失望的回函。”

一位校董：“我看分明是当地官僚怕麻烦，不想多事，还说什么小庙供不起大菩萨。”

另一位姓钟的老教师：“既然官方不行，就走民间。”

校长看着他：“民间？”

钟老教师点点头：“我曾教过的一位学生钱子宁，如今是内迁到宜宾中元造纸厂的厂长，不如请他通过民间私人关系在那一带物色校址如何？”

一位校董怀疑地：“这官方都不行，民间能行？”

钟老教师：“不试试怎么知道，你还有更好的办法吗？”

其他老师表示赞同，可以一试。

校长表态，对钟老教师道：“好，就以学校的名义给你那位学生去电，要他帮助母校物色校址。”

14. 南溪县府大门　黄昏　外

一个瘦高男子灰头土脸，神情郁闷地从县府大门出来。他回看了一下县府，失望地摇摇头，失意地朝前走去。

15. 酒馆　黄昏　内

酒馆里已有不少人，有的边吃边吧嗒着叶子烟，有几人在喝酒划拳。

那个瘦高男子坐在靠里的一个僻静处，面前摆着一盘青菜，一碟花生米，愁眉苦脸地独自喝着闷酒。

两个 50 多岁的中年汉子从外面进来，酒馆老板见了连忙迎上去："哟，是罗爷、李爷来了，里面请！"

被称为罗爷和李爷的是李庄的两位士绅，在南溪县都很有影响力。

他们随老板朝里走。

罗爷无意中看到独自喝酒的瘦高男子，不由惊讶："这不是范老弟吗？"

瘦高男子听见有人叫，抬起头见到来人，连忙起身双手作揖："罗爷、李爷！"

罗爷和李爷走了过去，罗爷对饭馆老板："这是我朋友，我们就坐这，添几个菜，这顿饭钱算我的。"

被称为范老弟的："这哪能行！"

罗爷爽快道："你是稀客，就别跟我们争了。"

饭馆老板离去，他们坐了下来。不一会儿桌上增加了几个菜，他们边喝酒边聊。

罗爷："范老弟，你不是在宜宾吗？怎么到了这南溪？"

李爷："看你愁眉不展独自喝着闷酒，一定是遇到什么难事了！"

范老弟把面前的酒喝了下去："咳，一言难尽。"

罗爷："范老弟要是信得过我们，不妨说来听听。"

范老弟这才道："同济大学欲迁川避难，我受我们厂长的委托，为同济大学在这一带寻找新的校址，可跑了几个县，那些县衙门当官的都极力推脱，说什么庙小菩萨大。”

罗爷听罢义愤填膺：“分明是托词，国难当头，这帮官老爷也太不识大体了！”

范老弟：“同济大学如今被小日本的飞机追着轰炸，已难安下一张课桌。”

罗爷和李爷对视了一下，罗爷试探问：“我们李庄如何？”

范老弟不以为然：“李庄，一个小小的李庄能安置得下好几千人的同济大学师生，还有眷属？”

罗爷：“范老弟有所不知，别看我们李庄不大，可是有九宫十八庙和大片庄园，我估摸着安置这伙下江人没多大问题。”

范老弟听了眼睛一亮，喜出望外：“太好了！我明天就回去复命。”

李爷：“我们明日也回李庄，看看大伙的意见，我和罗爷力争把这件事促成。”

范老弟起身端起面前的酒杯：“范某这就先谢过罗爷、李爷了。”然后一饮而尽。

16. 李庄长江茶馆　日　外

李庄是一座古镇，坐落在长江边上。

长江茶馆就在江边。这天很热闹，李庄有名的绅董们坐在一起商议接纳同济大学之事。

茶倌提着把长壶在人群中穿梭，为大家续水。

罗爷在主持，他扫视了大伙一眼：“刚才我把同济大学准备迁来我们李庄的事给大伙说了，大家说说吧！”

李爷把扇着的折扇收拢：“我先来说说，安顿好同济大学，就是在为国家保存技术实力。”

不少乡董们点头赞成。

一个叼玉嘴烟杆抽着叶子烟的人站了起来：“一所大学那么多人会把李庄的米吃贵，油吃涨，而且大学生思想开化，有伤风化的事难免发生。”

听了他的话，有人点头认同。

意见出现了不统一。

罗爷把手上的银制水烟壶搁在桌上：“李庄长期闭塞，我看这是李庄的一次机会。若能把同济大学请过来，既为文化抗战出了力，又提升了地方教育规格，这不是两全其美的事吗？”

他的讲话赢得了大家的点头称赞。

张士绅道：“我们不但应该接收，还应该提供一切尽可能的帮助。”

他的表态也赢得了大家的赞同。

17. 昆明同济大学校长办公室　日　内

校长在看一份文件。

那位姓叶的中年教师进来对校长道：“校长，迁川的地址有消息了吗？”

校长放下文件摇摇头。

姓叶的中年教师：“这都过去快两个月了，怎么还没有消息？日本人的飞机三天两头轰炸，这课怎么上？”走到校长桌前，“您说咱们委托的那位姓钱的校友能行吗？”

校长：“要相信我们培养的学生对学校的感情，他一定会尽力的。只是通过当地政府都没办到的事，要办起来难度可想而知，还是静候音讯吧。”

这时钟老教师兴冲冲地奔了进来，手中举着两份电文：“好消息，钱同学来电报了。”

姓叶的中年教师激动地：“怎么说？”

钟老教师：“他为我们寻找到了可以安身立校之处。”

校长颇为兴奋地：“在哪里？”

钟老教师：“一个叫李庄的地方。乡绅们也发来了电报。”他把手中的一份电文递给校长。

校长接过电文（显示电文）：同济迁川，李庄欢迎，一切需要，地方供给。

校长从抽屉里拿出地图查找，可没有找到。

钟老教师指着地图一段道：“钱同学讲在宜宾和南溪之间，应该是在这。”

姓叶的中年教师：“真得感谢李庄，不过我们师生加上家眷有8000多人，一个李庄……”

钟老教师：“钱同学替我们做了初步考察，这是他的考察情况。”他把手中的另一份电文交给校长。

校长看后颔首：“这是一个地图上都找不到的地方，好！就这里。”

姓叶的中年教师："可我们的图书在迁徙途中丢失了，查找资料依靠的是史语研究所，我们走了查找资料可怎么办？"

校长想了一下："我这就去史语所，让他们跟咱们一块儿搬迁。"

18. 龙头村梁思成家　夜　内

林徽因在油灯下整理资料。

梁思成走了进来，关心道："还忙着？可得注意身体。"

林徽因："我得把你们在川康野外考察的资料整理出来，白天得躲飞机。"

梁思成："这里已不适合搞学问，得再搬家。"

林徽因诧异地："搬家？去哪里？"

梁思成："史语所要迁往四川李庄，我不是史语所的通讯研究员吗？我们学社也得跟随去那里。"

19. 昆明梁家　日　内

林徽因三弟林恒穿着空军军服，回到家里。

林徽因看着他意气风发的样子："哟，三弟，你这是……"

林恒："我现在已经是空军上尉了，我是回家来向你们辞行的。"

梁思成："辞行？你要去哪里？"

林恒："换防去成都。"

梁思成："我们学社也要再搬迁。"

林恒看了看梁思成，又看了看林徽因："搬到哪里？"

林徽因："四川宜宾一个叫李庄的地方。"

20. 李庄码头　日　外

几艘客轮和货轮停靠在李庄码头。从客轮上走下来不少"下江人"，他们提着皮箱扛着行李，有的拖家带口，前呼后唤热闹非凡。

上码头的阶梯上，有当地的挑夫脚夫在搬运一些机械模具和仪器设备。

码头的河堤上，有一棵枝繁叶茂的大树，树周围站着不少当地好奇看热闹的人。

罗爷、李爷也在其中看着。

李爷欣然地摸着胡子："李庄这下热闹啰。"

罗爷："以后镇上的孩子们，不出李庄就能上大学了。"

21. 罗爷家院落　傍晚　外

一个壮汉进到院落，在水缸旁挑着两个空水桶去外面挑水，他用手揉着酸痛的腰。

（画外音）罗爷：你这是怎么了？

（镜头拉开）罗爷从屋里走了出来。

担水汉回转身："罗爷，我不是去码头当了两天搬运工吗？也不知箱子里装的是啥宝贝，两口箱子比这装满水的两大水桶还沉。"

罗爷："啥宝贝？书呀！这下你体会到书的贵重了吧？"

担水汉憨笑地摸摸自己的头："还是读书人厉害，读的书能把我们这些干力气活的压死！"

罗爷听罢哈哈大笑起来。

22. 李庄 日 外

前来李庄的学校机构及科研院所，一个个招牌被挂了出来：

禹王宫前同济大学校本部，

祖师殿前同济大学医学院，

南华宫前同济大学理学院，

张家祠前中央博物院筹备处，

板栗坳山门中央研究院历史语言研究所……

23. 月亮田营造学社大门 日 外

营造学社在鞭炮声中揭幕。

营造学社安置在镇外几里地的月亮田，梁家和学社都同在一个院落。进了大门是一个小天井，天井处有一棵高大的树。天井后面是一排房屋，为营造学社的办公地点。左边有个通后院的通道和几间侧房，就为梁家。

营造学社大门的左面是山丘，右面百米外便是长江。

此时梁思成、林徽因以及大伙看着挂牌的学社牌子都非常高兴。

梁思成、林徽因的女儿和儿子在门前的坝子里欢快地跑着。

梁思成看着眼前的营造学社感慨道："条件虽然艰苦一些，

但又可以安静地做学问了。”

林徽因环视了一下四周：“日本人要让我们文化失声，我们却要从这小小的李庄发出最强音。”

梁思成点点头。

24. 一组镜头

A. 李庄旋螺殿。秋日的阳光照射在原野上。造型独特的旋螺殿位于山岗之上。梁思成、林徽因和学社会员在顶着烈日丈量殿堂。

B. 同济大学本部课堂。几十个同学们挤在大殿里，认真听一个德国教授讲课。

C. 史语研究所。工作人员在整理登记文物。

25. 学社大办公室　日　内

几名学社工作人员，在各自办公桌前紧张地工作。有绘图的，有查阅资料的。

梁思成在伏案奋笔疾书。

林徽因走到梁思成身边，梁思成抬头看着她。

林徽因把一叠资料递给他：“旋螺殿的考察资料我已校对审核，想不到这李庄有不少非常有价值的古建筑。”

梁思成接过资料放到桌上：“是呀，这建于明万历年间的旋螺殿，其梁柱结构之优，颇足傲于当世之作。”

26. 房东张士绅家 日 外

梁思成手中拎着糕点和林徽因来到乡下房东张士绅的住房前。这是一栋平常的小青瓦房。

梁思成冲屋里喊："张老乡！"

不一会儿一个中年妇女出来，她是房东的太太。

房东太太见是他们，回头道："孩子他爸，梁先生和梁太太来了。"让开道，"你们快请进！"

这时房东张士绅闻讯出来："哟，你们怎么来了？快进，快进！"

27. 房东张士绅家 日 内

梁思成和林徽因进了屋。

梁思成把糕点放到屋中的方桌上："这是我和徽因的一点心意。"

张士绅："来耍就是了，还这样客气。坐，坐！"对老婆，"快去给梁先生和梁太太倒茶。"

房东太太去了。

林徽因坐下后看了看房子四周，歉意道："张老乡，你们把大院宅给了我们学社，却住这低矮的老屋，实在抱歉。"

张士绅："哎，你们这些大知识分子到我们这里来可吃苦啰，这老屋住几十年了，住着习惯。"

房东太太为他们倒了茶水端过来："梁先生、梁太太，请用茶。"

房东太太把茶水放到桌上。

梁思成和林徽因分别道谢。

梁思成："张老乡，你家有几个小孩？"

张士绅："两个儿子，大儿子张涛在宜宾念高级中学，今年就毕业了，小儿子在镇上念初小。"

梁思成："挺好的，我看这镇上尊师重教之学风很浓，也难怪在这危难时期，愿对我们同济大学和科研机构施以援手。"

张士绅："罗爷、李爷在我们这里德高望重，他们说了，接纳你们就是为抗战做贡献。"

林徽因："真是难为李庄的老乡了。"

张士绅："你们来李庄的个个都是文曲星下凡，是我们的福分呢。"

这时，从门口闯进一个学生装束的十八九岁年轻后生，喊道："爸，妈，我回来了。"

房东太太高兴地："儿子，你毕业了？"

张涛："毕业了，今天我一拿到毕业证就赶了回来。"

梁思成指着张涛问张士绅："这是你大儿子吧？"

张士绅对儿子："快，见过梁先生和梁太太。"

张涛给梁思成和林徽因分别行鞠躬礼："梁先生好，梁太太好！"

林徽因："快坐下，赶了大半天的路程。"

张涛坐了下来对他父亲兴奋道："同济大学不是到了咱们李庄吗？我要报考同大！"

张士绅："同大那可是在全国都响当当的大学，就你还能考上？"

梁思成："年轻人有志向是好事，你考同大想学什么呢？"

张涛："我要学土木系。"

梁思成："哦。"很有兴趣地与林徽因交换了一下眼神，对他道，"能告诉我为什么要学土木系吗？"

张涛："我从小就在这里的古庙和亭子里耍，这些建筑很美，我就想以后我长大了也要建漂亮的房子。"

梁思成赞许地对张士绅："你儿子了不起，从小就有志向。"

张士绅："光有志向有啥用，同大可不是谁想考都能考得上的。"

张涛似乎也有些泄气。

梁思成看着张涛："这样吧，你要是不反对，明天起你来学社，我抽点时间给你系统补习一下。"

张士绅连忙道："这怎么行，梁先生多忙。"对儿子，"你就不要给梁先生添乱了。"

林徽因："就让你儿子来吧，思成要是没有空我也可以给他讲讲，授业解惑是我们的本分。"

张士绅不再反对，对儿子道："还不快给梁先生、梁太太跪下。"

张涛在梁思成和林徽因面前跪了下去。

梁思成连忙把他拉起来："这可使不得。"对张士绅，"看你这儿子孝顺聪明，将来定是个可塑之才。"

28. 一组镜头

A. 学社梁思成办公桌前　日　内

梁思成给张涛讲课。

张涛领会后频频点头。

B. 梁家书房　日　内

张涛拿着角度尺，在图纸上量着。

林徽因站在他后面看着，用手指指着图纸在给他提示。

C. 长江边　日　外

梁思成与张涛走在长江边。

梁思成边走边在给他讲解着什么。

张涛神情严肃地听着。

29. 同济大学校本部大门口　日　外

同大录取学生在校大门口张榜，不少考生围观。

有人兴奋得手舞足蹈，有人沮丧地垂头丧气。

张涛从人群中挤出，高兴地喊着：“我考中了，我考中了。”

张涛朝家中蹦蹦跳跳地跑去。

30. 乡间张士绅屋前　日　外

张士绅在屋前的坝子里摆上了坝坝宴，请了乡里乡亲，祝贺他儿子考上了同济大学。

罗爷、李爷来了，梁思成和林徽因也前来道喜。

张东家举起酒碗：“我家犬子考中同大，实乃给张家长脸，光宗耀祖。这一要感谢同大的垂爱，二要感谢梁先生、梁太太的辅导，今日略备薄酒，大家开怀畅饮。”

参加的人站起身，大家举起了酒杯。

31. 李庄梁家　黄昏　内

两个孩子在做作业。

林徽因坐在一旁缝补小孩衣服，梁思成走了进来。

林徽因抬起头：“回来了。”

梁思成点点头：“徽因，这里里外外的，辛苦你了。”

林徽因笑了笑：“这本就是一个做母亲的责任，辛苦够不上的，只是家务活多一点，事业上就帮助你少一点。”

两个孩子放下笔，儿子对林徽因道：“妈，作业做完了，我和姐姐出去玩玩。”

林徽因对女儿道：“带好弟弟。”

女儿点点头，和弟弟跑出了屋子。

梁思成把看着儿女的目光收回，自责道：“孩子们多瘦，你身体不好也需要补，可如今家徒四壁，真对不起你和孩子们。”

林徽因放下手中正在缝补的衣服，宽解地抚摸着梁思成的手：“兵荒马乱的日子，一家人能平安在一起比什么都强。”

梁思成点点头，把林徽因拥入怀中，他们望着窗外的远天。

林徽因：“三弟林恒今天来信了。”

梁思成：“哦，怎么说？”

林徽因回身从桌上拿起一封信递给梁思成。

梁思成抽出信纸读了起来。

（画外音）林恒：我们进行了多次与敌机的恶战，虽然我们的飞机性能远不如日机。但中国空军们都视死如归，敌机已不能像过去那样猖狂、肆无忌惮。

32. 空战

（随着画外音）林恒和战友架机对日空战，战斗异常惨烈。

双方互有战机被击落。

33. 李庄码头　日　外

一艘货轮停靠在码头，十几个劳工抬着发电机和电线艰难地走上码头。不少当地人不知道这是什么东西。

一个人指着被抬着的发电机好奇地问：“这个铁疙瘩是做什么的？”

指挥抬的人答道：“是同济大学用来发电的。”

那人不解：“发电，发啥电？”

指挥抬的人：“不懂了吧？有了它呀，晚上就不用点煤油灯了。”

那人摸着脑壳：“有这样神奇？”

34. 同济大学办公室　日　内

校长在写着公函。

姓叶的中年教师进来通报："校长，李庄的几位士绅想要见您。"

校长放下笔："哦，快让他们进来。"

姓叶的中年教师走到门口，做了个请的手势："各位请——"

罗爷、李爷等几位士绅走了进来。

校长起身把他们让到椅子上坐下，有工作人员给他们端来茶水。

校长在他们旁边坐下："你们来找我一定有啥要事吧？"

罗爷起身道："我们是无事不登三宝殿，听说你们学校运来了发电机，要发电供学校使用。"

校长点点头："设备今天刚刚运到，你们的消息灵着呢！"

罗爷："我们几个来就是想问问，能不能顺便把镇上的人家每户都安上电灯。"

校长笑了："我也正有此意呢。"望了望案桌上正写的文稿，"这不正在给上面打报告呢。"

大家都哈哈笑了起来。

35. 李庄镇　夜　外

月亮隐于云层之中。

漆黑的街道，一个打更人敲着梆子在喊着："天干物燥，小心火烛。"

突然，镇上的灯亮了起来。

打更人一愣，高喊道："亮了，亮了！星星落下来啰！"

有几个家庭的人开门走到门外，众人都欣喜若狂。

有人道：“这县城都还没点上电灯，我们却点上了！这下江人来了，我们可改变了不少。”

也有人道：“这满镇呀，听到的都是先生先生地叫，他们都是做大学问的，我们也跟到沾了不少文气呢。”

36. 长江边上的空地　日　外

梁家邻居及周边小孩和梁思成的儿子一块儿踢球，梁思成的女儿和几个女子在外看着。

林徽因提了一壶茶水，拿了几个杯子走过来。

林徽因站在边上对他们喊道：“天气这么热，看你们满身大汗的，都过来喝点水！”

大家停止踢球，围了过来。

林徽因给他们倒了水，几个小家伙轮着端起杯子咕噜咕噜地喝了下去。

铁蛋对林徽因道：“给我们讲个故事吧！”

林徽因笑道：“你们想听？”

小伙伴们七嘴八舌：“哦，讲故事了！”“再给我们讲讲《白雪公主》的故事。”

林徽因：“今天就给你们讲个《卖火柴的小女孩》的故事。”

大家兴致勃勃地围坐在林徽因身边。

林徽因绘声绘色地讲起安徒生的童话故事：“这是过年的头一天，天上下着鹅毛大雪，天气非常寒冷。街头走来一个穿着破烂的小女孩，手中拿火柴沿途叫卖，卖火柴呀，卖火柴呀！可人们都在买节日的食品和礼物，没有一个人理她……”

小伙伴们都听得非常专心。

（镜头转换）林徽因讲完故事对小朋友们道：“好了，今天的故事就讲到这里，时间不早了，大家该回家了。”

小朋友们像小鸟一样，四下跑走了。

37. 营造学社　日　内

学社同仁都在工作，忽然一个妇女跑了进来，对梁思成急切道：“梁先生，我家铁蛋喊肚子痛又吐，人也站不稳，他爸不在家，你快帮我看看吧！”

梁思成连忙放下手中的工作跟着妇女奔了出去。

38. 邻居家　日　外—内

梁思成随妇女进了她家。

铁蛋躺在床上，脸色苍白，呼吸困难。

梁思成快步走到床前看了看铁蛋，呼唤道：“铁蛋，铁蛋！”

铁蛋无力答应。

铁蛋妈吓得手足无措。

梁思成对铁蛋妈：“快送铁蛋去同大医学院。”说罢抱起铁蛋就往外跑。

铁蛋妈跟着跑了出去。

39. 同大医学院病室 日 内

唐医生给铁蛋做了检查，对梁思成和铁蛋妈道："怀疑是钡或磷中毒，先前也有几个同样症状的小学生来就医。"

梁思成："既然不是个别现象，可得引起高度重视。"

唐医生点点头："先给孩子吃点药，把病情控制下来，再做进一步的化验找出根本病因。"

40. 校长办公室 日 内

唐医生对校长道："有学校的小学生吃了学校伙食病倒了，确认是氯化钡中毒。"

校长："哦，怎么会这样呢？"

医生："我做了了解，李庄时不时就会有人发生这样的状况。"

校长："这事非同小可，你来牵头组织几个人，从这些学生摄入的食品着手调查。"

唐医生点点头。

41. 小学食堂 日 内

唐医生和几个医务人员，在小学校部人员的陪同下，在小学食堂提取食物和调料品。

42. 医学院化验室 日 内

唐医生将提取的标本在显微镜下进行观察。

有两个医生在做着记录。

43. 校长办公室　日　内

唐医生在向校长报告调查情况。

唐医生："是这里用盐的问题，他们目前吃的盐含有氯化钡，如改用其他地方生产的不含氯化钡的盐自然就好了。"

校长："那快把这个情况告诉李庄的父老乡亲。"

唐医生："我这就去。"

44. 同大校本部　日　外

李庄不少人在罗爷、李爷的带领下，敲锣打鼓，拿着几面锦旗来到同大校本部。锦旗上写着："治病救人，成绩斐然""颂声载道，令誉日隆"。

校长和几个校董迎了出来。

罗爷对校长道："我们来是代表李庄感谢同大，不仅治好了学生，还解决了一个困扰李庄几代人的疾病问题。"

校长高声回答道："我们既然来到这里，为李庄服务，就是我们应尽的职责。"

45. 空中　日　外

蓝天白云之上，日军一个轰炸机群出现在飞往成都的途中。

带队的青木大佐满脸骄横。

执行轰炸任务的是二飞行战队，日本中佐三木驾驶着轰炸机。他们大摇大摆地飞往成都。

46. 成都军用机场 日 外

地面敌机空袭警报拉响。

空军飞行员从各自宿舍冲出来，纷纷登机迎战。

林徽因的三弟林恒上尉奔向了自己的战机。

一架架中国战机冲入云霄实施拦截。

47. 成都上空 日 外

中国战机虽然势单力薄，没有敌机先进，但勇敢地冲入敌机群实施拦截。在激烈的空战中，互有战机被击落。

林恒紧紧咬住一架敌机，两眼喷出愤怒的火焰。在几个回合的空中追逐中，敌机被锁定在炮火的瞄准镜里，他一按发射按钮，那架被锁定的敌机被炮火击中，冒着黑烟一头朝地面栽下去。

林恒露出胜利的微笑。

突然他机前的挡风玻璃被一排机枪子弹射穿，他的头部中弹，壮烈牺牲。

向他开火的是日本中佐三木驾驶的飞机。

日本中佐三木露出得意的狞笑。

48. 李庄营造学社 日 内

梁思成脸色苍白，心情沉重地回到李庄营造学社。

有人跟他打招呼："梁先生回来了。"

梁思成面无表情地点点头，朝一旁在案桌前工作的林徽因走去。

林徽因听见有人在叫梁先生，抬头一看梁思成正朝自己走来，不由站了起来，颇为惊奇地："你不是在重庆吗？怎么回来了？"

梁思成看着她欲言又止。

林徽因见他举止有些反常，试探着问："怎么了？脸色这么难看，出了什么事？"

梁思成回避她的目光，侧过头去："我们出去走走吧。"

49. 路径　日　外

梁思成和林徽因在田间小路上走着。

林徽因盯着梁思成："说吧，到底出了什么事？"

梁思成停住脚步："我说了你可得挺住。"

林徽因点点头，但脸色非常苍白。

梁思成："我是从成都赶回来的。"

林徽因惊讶："成都！你不是这段时间在重庆为学社筹集经费吗？怎么去了成都？"

梁思成沉痛道："林恒他……"

林徽因急切地："我三弟他怎么了？"

梁思成不知该怎样告诉她。

林徽因预感到情况不好，摇着梁思成的胳膊："你快告诉我，思成，我三弟到底怎么了？”

梁思成无力地：“在成都与敌机空战中牺牲了。”

林徽因：“啊——”一阵眩晕，尽管对会出现的不好的消息有一定的心理准备，但还是无法承受这个噩耗。

梁思成连忙把她扶住：“你身体不好，千万不要太过悲伤。”

林徽因两眼直直地看着前方，目光呆滞。

梁思成：“三弟的后事我已处理好了，你还要安抚好你的母亲，必须先稳定好自己的情绪。”

50. 营造学社　夜　内

夜已深，林徽因仍在油灯下看着资料。她要用忘我的工作消抵心中的悲伤。

梁思成走了过来：“徽因，时间不早了，明天再做吧。”

林徽因：“你先去休息，这章节很快就完。”

梁思成在她旁边坐了下来：“徽因，我知道你的内心很痛苦，想哭就哭出来吧。”

林徽因咬着嘴唇，轻轻地摇摇头。

梁思成：“学社又运转起来了，很多工作需要开展，咱们人手不够，我准备登报招人。”

林徽因点点头：“日本人不是要对我们的文化进行剿灭吗？我们必须尽快拿出研究成果，发出自己的声音。”

梁思成点点头。

51. 学社办公室　日　内

前来学社应聘的人不少，梁思成亲自考核。

一个十八九岁的高中生罗同学，拿着刊登招聘启事的报纸走了进来。

罗同学对路过的刘先生道："先生，听说你们这里招收练习生。"

刘先生指了指一边正在忙碌的梁思成。

罗同学走了过去。

梁思成对一个应聘的女生道："你的条件不错，留下来吧。"

那女生高兴地："谢谢。"

罗同学走到梁思成跟前："先生，您是这里的负责人吧？"

梁思成点点头："你是？"

罗同学："我是从宜宾来应聘练习生的。"

梁思成："我们对练习生的要求你知道吧？"

罗同学点点头，把手中的报纸摊开："我知道，这上面都登载了。"

罗同学随后从身上背着的挎包中拿出自己的绘画作品："这些是我画的，您看看。"

梁思成接过他的作品看了起来："不错，你学过绘画？"

罗同学："我读高中时，学过两年。"

梁思成："好，你被录取了。"

罗同学惊喜："你们真的要我？"

梁思成点点头，对走过来的刘先生道："你带这位罗同学先去安顿下来。”

罗同学兴奋地和刘先生下去了。

林徽因带着张涛和一个女生来到梁思成身边。

张涛：“梁先生。”

那女生也鞠躬道：“梁先生。”

林徽因指着女生：“这是张涛的同学马慧娟，他们听说咱们学社需要人手，说课余时间过来帮助咱们。”

梁思成高兴地：“太好了。”

52. 梁家寝室 夜 内

斜躺在床头的梁思成对旁边的林徽因道：“现在我们人手增加了，把中国营造学社社刊恢复起来你看怎样？”

林徽因：“好呀，这样可以明确告知世界学术界他们极为关注的中国营造学社依然存在，其意义一定非同小可。”

梁思成点点头。

林徽因：“只是我们没有白纸、新闻纸之类的纸张，也没有铅字之类的东西。”

梁思成：“我想过了，我们可以用土纸、药水手写石印，虽然简陋，但毕竟发出了我们的声音。”

林徽因坚毅地点点头。

53. 一组镜头

营造学社的同仁，还有同济大学的两名帮忙的同学，有的在抄写文字，有的在审稿，有的在石印，有的在折页，有的在装订。

54. 营造学社 日 外—内

进入深秋，门前的大树落叶缤纷。一本完整的学刊呈现在镜头面前。

（镜头拉开）大家拿着复刊的社刊异常兴奋。

林徽因也拿着一本，爱不释手地翻阅着。

梁思成走了过去。

林徽因翻书的手停在一篇文章上，指着上面绘制的一座寺庙图对梁思成道："思成，你还记得我们去五台山佛光寺的那次考察吗？"

梁思成："当然记得，那次考察我们取得了唐朝建筑的实证。"

林徽因："日本人曾断言，要找唐代建筑得到他们日本。我们打破了这一断言不是吗？"

梁思成点点头："那是一次意义重大的古建筑发现。"

55.（闪回）泥泞山路 日 外

梁思成、林徽因还有刘先生等同仁骑在毛驴上，在蜿蜒泥泞的山路上行走，另有两头毛驴载着测量器材。他们来到五台山的佛光寺前，卸下了毛驴上的器材，扛着进了寺庙。寺庙的老主持双手合十，站在寺庙大门一侧，欢迎他们的到来。

56. 佛光寺　日　外

梁思成他们仰望佛光寺，被那层层交叠而又宏大雄伟的斗拱所震撼。

寺庙的老主持和哑巴弟子站在他们旁边。

老主持给梁思成他们介绍："相传这座寺庙建于唐代，但具体是哪一年，老衲就不清楚了。"

57. 佛光寺　日　内

梁思成爬上了梁架，对寺庙进行丈量查看，惊起蝙蝠四下翻飞。

林徽因在下面惊呼："小心！"

梁思成慌忙躲闪，待蝙蝠消失后才又展开工作。

站在寺庙下面仔细观察内部结构的林徽因，望着一根大梁，惊喜道："那上面有字。"

刘先生闻讯过来抬头查看，也说道："果然有字。"

他们搭起了简易脚手架，梁思成站在上面，接过下面刘先生递过的湿布，擦拭梁上灰尘，隐约辨认上面的文字。

58. 寺庙前山门　日　外

老主持和哑巴弟子送梁思成一行出来。

梁思成对老主持道："从对这座寺庙建筑风格及梁上留下的文字综合考察，这座佛光寺应该是建造于唐大中十一年，也就是公元857年。这是截至目前发现的国内唯一一处唐代建筑。”

老主持双手合十：“阿弥陀佛！”

一旁的林徽因感慨道：“更重要的是找回了一种失落久远的民族的建筑历史与文化精神。”

梁思成对老主持：“你们要好好保护这座寺庙，我们不久还会来做更为翔实的考察。”

老主持点点头。（闪回完）

59. 营造学社　日　内

林徽因：“我们走时对老主持说很快会再去考察，可这一去好几年了。”

梁思成走到窗前，望着外面的远天。

林徽因走了过去。

梁思成喃喃道：“山西如今陷落，也不知佛光寺命运如何？”

60. 佛光寺　日　外

（画外音）这时的佛光寺正被日本侵略者践踏，为实现所谓的“文化灭华”战略，日军对占领区的古建筑实行抢光烧光。

（伴随画外音）佛光寺燃起熊熊大火，一队日本兵手持火把围在寺庙周围，看着大火吞噬寺庙。

一个日军少佐双手按住一柄杵在地上的军刀，狰狞地笑着。

老主持被两个日本兵抓住手臂，哭喊着："不要呀！"

日本少佐抓起军刀，拔出刀鞘，用军刀捅入了老主持的胸膛。

老主持口喷鲜血，怒斥："强……盗！"头一歪死了。

老主持被丢在地上。

哑巴弟子嘴里"呜呜"地叫着奔过来，抱住老主持，悲痛欲绝。

哑巴弟子抬起头双目圆睁地盯着少佐："啊——"怒吼着撑起身扑向少佐。

少佐惊恐地退后两步，掏出腰间手枪朝哑巴弟子连开数枪，哑巴弟子倒在了血泊之中。

61. 营造学社前院大树　日　外

梁思成、林徽因在看年轻人爬绑在树上的竹竿。

罗同学因为年轻爬得最为熟练，很快爬到了树顶。

罗同学问道："梁先生，你让我们没事爬竹竿有何用？"

梁思成在下面望着树顶的罗同学道："你们练好了，以后好爬到古建筑上去搞勘测。"

一个身穿空军制服的飞行员，拎着两个大提箱从外面走进学社前院，看到梁思成和林徽因喊道："梁先生，林姐。"

梁思成和林徽因回头看见他，非常高兴。

林徽因上前抓住他的胳膊："黄耀，你怎么来这里了？"

黄耀："我是专门来看梁先生和林姐的。"

林徽因："快，屋里坐。"

62.（闪回）客车 夜 内

梁思成和林徽因一家从长沙乘长途客车前往昆明。

客车路过晃县，林徽因发烧，头靠在梁思成肩膀上。

林徽因看着车窗外下着的雨，低声问：“这是到哪儿了？”

梁思成：“晃县，再有几天就到昆明了。”用手摸了摸她的头，“你又发烧了，额头这么烫。”

这时客车停了下来。就在大家不知怎么回事时，很快车门打开，上来几个当兵的。

随后上来一个军官对车上的人道：“前方战事吃紧，这辆车被征用了。”

一个老人道：“我们要去昆明的。”

军官用毋庸置疑的口吻：“对不起，一切服从于战争需要。”

另有人道：“那要征用多久啊？”

军官回答：“十天吧，也许半个月。”

老人道：“这么长时间？我们这么多乘客怎么办？”

军官扫视车上乘客：“没办法，只有自己克服啰！”

63. 晃县街头 夜 外

天下着雨，林徽因发着高烧。梁思成一只手拎着皮箱，一只手为林徽因打着油纸伞，带着家人从一家旅店出来。两个小孩跟在他们外婆身边。

（画外音）旅店老板：这段时间滞留咱们晃县的过路客很多，旅店人满为患，你们去别的旅店看看吧。

他们又路过一家旅店，见旅店门前写着大大的“客满”二字。

梁思成摇摇头，他们又无奈地朝前走去。

林徽因一阵猛烈的咳嗽。

梁思成抬头发现有前面有一家茶馆：“要不我们去茶馆借宿一宿，明天再想办法。”

林徽因点点头。

他们来到茶馆前。

茶馆已打烊，梁思成上前敲了敲门。

不一会儿，门从里面打开了，一个伙计看着他们：“你们这是……”

梁思成：“这位小哥，旅店都满了，能否让我们在这茶馆里过一夜？”

伙计：“对不起先生，我不能答应你。”

梁思成：“钱我们照给，明天一早就走。”

伙计：“不是我不让，是老板有规定，茶馆里一律不留客。”

梁思成失望地回转身，对林徽因：“这可怎么办？”

林徽因：“看来得露宿街头了。”

梁思成：“这怎么行？”看着后面的两个孩子和他们的外婆，“这老的老，小的小，你又生着病。”

这时忽然传来一阵悠扬的小提琴声。

梁思成顺着小提琴声望去，琴声是从不远处的小楼传来的。

梁思成喜悦地对林徽因道：“有办法了！会拉琴的一定是

受过高等教育的文化人，也许他会收留我们。”

64. 小楼客厅 夜 内—外

二十来个身穿空军制服的年轻学员，在听一个同样穿着制服的学员黄耀拉小提琴。

黄耀神情专注，手法娴熟，听者如痴如醉。

（画外音）“咚咚……”门外传来几声敲门声。

黄耀停止了拉琴，大家都把视线转到门口。

“咚咚……”敲门声在停歇片刻后再度响起。

谁会在这雨夜敲门？离门不远的黄耀提着琴走过去，开了门。

黄耀看见外面站着一家老小几个人，不由一愣，眼里流露出疑惑的神情。

梁思成：“能让我的家人在这里借宿吗？我太太她病得很厉害。”

黄耀又看了看梁思成身后的林徽因及两个小孩和一个老人，连忙道：“当然可以，你们快进来。”

黄耀把梁思成一家引进房间。

林徽因坚持到此时，已经熬不住了，一头晕倒在地。

梁思成把林徽因抱了起来，黄耀连忙推开一扇房门：“这间屋给你们用吧，快把她扶到床上。”

屋里的其他学员也过来帮忙安顿两个小孩和老人。

梁思成把林徽因抱进里屋，放到床上，盖好被子。黄耀端了杯水进来："喝杯糖水，兴许要好些。"

林徽因用微弱的声音道："谢谢！"

65. 小楼林徽因房间　晨　内

早上林徽因醒来，几个年轻空军进屋来看她，黄耀还给她带来带露水的鲜花，摆放在床头。

林徽因非常开心，露出欣然的微笑。

黄耀："林姐，你就安心在这里养病。"看了看身边的队友，"我们是空军航校第七期学员，也是撤往昆明，被阻在这里好几天了。去往昆明我们也没有什么亲人，你和梁先生就做我们的名誉家长吧！"

林徽因看了看一旁的梁思成。

梁思成会意地点点头。

林徽因看着黄耀及他的队友："我的三弟也是空军，我和思成同意做你们的名誉家长。"

黄耀及队友喜出望外。

黄耀高兴地："我们去了昆明也不怕没有家了。"

66. 昆明空军航校小礼堂　日　内

飞行学院七期毕业班典礼在小礼堂进行。

梁思成、林徽因和学院领导坐在主席台上。

毕业的七期学员们坐在下面，在晃县的二十来个学员也在其中。

主持人："今天是你们七期学员毕业的日子，下面请你们的名誉家长梁思成先生致辞。"

梁思成起身走上前来对学员道："作为你们的名誉家长，我和徽因感到无上的荣光，倭寇犯我疆土，灭我文化，肆虐我民众……"

（镜头拉开）下面坐着的毕业生飞行员，个个义愤填膺，同仇敌忾，想着立马上阵杀敌。

主席台上的林徽因双手合十，在默默祈祷。

（镜头转换）梁思成："倭寇依仗空军的强大，肆无忌惮地对我疲劳轰炸，企图泯灭我抗日意志。今有中华好男儿，定能杀敌报国。"（闪回完）

67. 营造学社　黄昏　内

悠扬的琴声在屋里飘荡，黄耀在拉着小提琴。

梁思成、林徽因及学社的人员在欣赏着。

一曲完毕，大家报以热烈的掌声。

黄耀："你们也别光听我拉琴了，我们一块儿来跳舞吧！"随后他在带来的唱机中放上碟，圆舞曲响起。

几个学社的年轻人跳起了交谊舞，包括同济大学的张涛和马慧娟。

梁思成和林徽因在旁边欣赏着。

林徽因对黄耀："你怎么把唱机都带来了？"

黄耀："我伤已养好，几天后就要重返蓝天杀敌。"看着唱机，“唱机就留给林姐吧，我用不着了，我的许多队友都已捐躯。”

林徽因看着他，责备道：“不许这样说，你既要杀敌，也要活着，听见吗？”

黄耀凝重地点点头。

68. 码头 晨 外

林徽因和梁思成在码头送别飞行员黄耀。

赶船的乘客通过趸船登上客轮。

有拉着木船逆水而行的纤夫，喊着号子光着脚吃力地在河滩上行走。

林徽因问黄耀：“告诉我，交女朋友了吗？”

黄耀不好意思地笑着点了点头。

林徽因高兴道：“太好了，在哪儿认识的？”

黄耀：“她在昆明西南联大读书，是年初一次联谊会上认识的。”

一旁的梁思成笑道：“我和徽因可是你的名誉家长，吃喜糖不要忘了通知我们。”

黄耀：“哪忘得了梁先生和林姐。”随后道，“江风大，你们回去吧！”

林徽因：“船要开了，我们看着你先上去。”

黄耀只得提了脚旁的两个行李上了趸船。

一声汽笛响起，轮船缓缓驶离码头。

黄耀站在船舷向码头上的梁思成和林徽因使劲挥手。

梁思成和林徽因也向他挥手告别，林徽因的双眼噙着别离的泪水。她把那些自己作为名誉家长的飞行学员，当成了自己的亲兄弟一般。

69. 营造学社　日　内

林徽因和营造学社的同仁在埋头工作，梁思成从外面走了进来，满脸愁容。

林徽因看见起身问道："思成，怎么了？"

梁思成："学社的研究经费断了！"

林徽因一惊："怎么会这样？"

梁思成郁闷地："我们营造学社是民间机构，经费来源是美国的庚子赔款，如今这来源断了，接下来不知何以为继。"

林徽因关切地："思成，你近来瘦多了，也不要太过焦急，总会有办法的。"

梁思成点点头。

70. 林徽因卧室　黄昏　内

林徽因从箱子里拿出一个精致的首饰盒，然后打开，里面装有一对玉手镯，她拿出手镯仔细地抚摸着。

梁思成进了卧室看着她："在做什么呢？"

林徽因把手镯递给梁思成："明天让人把它当了吧，兴许值几个钱。"

梁思成连忙道："这怎么成，它可是你从娘家带来的。"

林徽因："学社不能垮不是吗？再说这里也戴不了它，手镯没有了，以后还能再买。"

梁思成感动地握住她的手："徽因。"

林徽因："还有我在想，我们学社可以把思路调整调整。无力外出考察，我们就把过去考察的资料进行整理，并做学术研究。"

梁思成："你的这个想法好，是该好好总结一下了，我一直就想完成《中国建筑史》这部书。"

林徽因看着梁思成："这可是浩繁的工程。"坚定地，"我支持你。"

71. 史语所院落　日　外

梁思成走上台阶进了史语所院落。

有人迎出来，对梁思成道："梁先生来了。"

梁思成点点头，然后走进了负责人办公室。

72. 史语所负责人办公室　日　内

正在案头办公的负责人抬头见梁思成走了进来，起身道："快请坐！"

梁思成在椅子上坐下，负责人倒了杯水放到他面前的桌上，然后在他的旁边坐下。

梁思成："您找我来不知何事？"

负责人："营造学社的事我知道了，如今在艰难的情况下仍然坚持学术研究，令人钦佩，我想将学社会员纳入我所编制，这样每月可领取薪水，虽然微薄但可稳定其人员，不知贤弟意下如何？"

梁思成听闻感激道："感谢兄长在学社困难之际伸出援手。"

73. 营造学社　日　内

梁思成在用派克钢笔写着书。林徽因和其他学社人员也在整理和查阅资料。

罗同学拿着一叠资料过来询问梁思成，梁思成给他以指点。

罗同学走回自己的案桌，继续埋头抄写。

74. 梁家　傍晚　内

林徽因在看着梁思成所写的文稿。梁思成站在她的旁边。

林徽因指着文稿，像是在提出不同意见。梁思成欣然点头接受。

75. 营造学社前　日　外

伴随飞机的轰鸣声，一架中国飞机在月亮田的营造学社上空盘旋了两圈，梁思成和林徽因以及学社会员从学社内出来，抬头望着这架奇怪的飞机。

梁思成的女儿和儿子也跑了出来。

盘旋上方的飞机是黄耀开的，他看着下方，然后按了空投按钮。

一个有着长长的杏黄色尾巴的通讯袋，被投了下来，落到学社前的半干水稻里。

罗同学跑上前把通讯袋捡了回来，口袋上面写有“梁思成先生收”。

飞机又盘旋一圈后这才飞走。

76. 营造学社　日　内

通讯袋被梁思成打开，里面装有糖果和一叠信件。

梁思成举着糖果对同仁道：“来、来，大家都来尝尝。”

梁思成把糖果分给大家，大家只象征性地拿一颗，高兴地剥开糖果纸品尝起来。

77. 梁家　日　内

黄耀留下的唱机播放着戏剧片段。

十几封信件放在桌上。

梁思成和林徽因在一封封地看着信件。

他们的女儿和儿子在一旁津津有味地吃着糖果。

林徽因抬头对女儿和儿子道：“把你们的糖果拿去给小朋友们分享。”

女儿和儿子各自抓了糖果跑了出去。

梁思成看着桌上的信件：“这些都是昆明西南联大的老友写的，想不到转场的黄耀，竟以这样的方式给我们捎来。”

林徽因："还给孩子们带来一包糖果，真有他的。"

林徽因望着窗外，田野充满生机，有鸟儿在枝头鸣叫。

林徽因走到案桌旁，拿过毛笔在纸上写下：情义无价。字体娟秀有力。

78. 营造学社　日　内

学社同仁埋头工作。

林徽因起身走到书架前，取下一本书，刚回转身，头一晕倒在了地上。

罗同学上前紧张地喊道："林先生！"

梁思成在一旁奔了过来，抱起林徽因的头，用手一摸额头："不行，得送医院。"

79. 同济大学医学院大门　日　外

林徽因被两个挑夫用滑竿抬着，匆匆进了医学院。

梁思成紧紧跟在旁边。

刘先生和罗同学跟在后面。

80. 病室　日　内—外

林徽因躺在病床上，唐医生在为她检查。唐医生听了诊，神情严肃地对梁思成道："你跟我来。"

梁思成随唐医生来到外面。

唐医生心情沉重地道："你太太是肺结核复发，从她的病情和身体状况来看，乐观估计生命还有五年。”

梁思成听此言，一时愣在了那里，随后抓住医生的手：“就没有别的办法了吗？”

唐医生：“目前没有好的治疗方法，这里缺医少药。回去后唯有静养，不要再操劳了。”

梁思成心情非常沉重和难过。

81. 梁家　黄昏　内

林徽因躺在病床上。

梁思成焦虑地守候在病榻前，满面愁容。

林徽因看到他不开心的样子：“思成，告诉我，唐医生都跟你讲了什么？”

梁思成：“说你这是老毛病，没有大碍。”

林徽因握住梁思成的手：“一定是我的病很严重了，是吗？”

梁思成：“你别乱想，唐医生说让你好好休息。”

梁思成怕控制不住自己的情绪，说道：“我去看看孩子们睡了没有。”起身出了房门。

在过道上，梁思成悲伤的泪水再也抑制不住，簌簌掉落下来。

82. 日本内阁会议室　日　内

会议室坐着日本首相东条英机，外务大臣重光葵，大东亚相青木一男，以及其他一些大臣。

青木一男：“我们实施的‘文化灭华’战略很不理想，中国的文化精英们，通过不同渠道向世界发出声音。”

重光葵对首相东条英机报告：“不少国家对我们实施的这一战略，提出强烈谴责。”

东条英机扫视了众人一眼：“‘文化灭华’是对华国策，不能变。”对青木一男道，“你们大东亚省要加强与在中国的派遣军司令部的联系，不能放松对华后方文化科研机构的轰炸。”

青木一男：“哈依！”

一个军事官员：“太平洋战争后，我们的军机主力抽调用于对付美军，加之中国空军的逐渐强大，对其后方的空袭有些力不从心。”

东条英机两眼射出凶残的目光：“告诉现任的派遣军畑俊六司令，力不从心也要为之。”

83. 侵华日军司令部　日　内

日本中国派遣军总司令畑俊六怒气冲冲，对一个前来报告战事的大佐吼道：“什么，对太行八路军总部的扫荡失利？”

大佐：“我出动两万多人以梳篦队形合围太行八路军总部和第129师。遭到八路军和民兵的顽强抵抗，其外线部队则向我交通线展开破击战，我损失2500多人，不得已撤离太行。”

畑俊六破口大骂：“八格，一群笨蛋！”

一个日本军官进来报告：“大东亚省驻北平公使楠本实隆来见。”

随后西装革履的楠本实隆走了进来："司令官阁下！"

畑俊六对大佐挥挥手："下去吧！"

大佐离去，畑俊六对楠本实隆道："不知公使先生此时前来有何贵干？"

楠本实隆在一旁落座："司令官阁下，大东亚省来电，说内阁大臣们对'文化灭华'战略的推进非常不满，要我们加强合作，抓紧实施。"

畑俊六用质疑的目光看着楠本实隆。

楠本实隆："中国的学校依然在开课，科研院所不断推出研究成果。梁思成的营造学社竟然恢复了社刊，这些对我们的'文化灭华'战略的推进大大的不利。"

畑俊六："梁思成的我知道，早年就读于我们大日本帝国。"

楠本实隆点点头："我们已探明，同济大学、营造学社，还有不少科研机构就在李庄。"

畑俊六不明白地看着楠本实隆："李庄？"

楠本实隆点点头："如今的四川李庄已成为中国的重要文化中心之一。"

畑俊六起身，走到身后挂着的大地图前查看："李庄的在哪里？"

楠本实隆走过去指着地图一处道："应该在这一带，离宜宾有 18 公里。"

畑俊六查看后："哟西，李庄的，地图上的抹掉。"

84. 梁家 日 内

林徽因躺在床头，从窗户中看到外面树上的鸟儿在欢快地鸣叫着，有只鸟还飞到窗台上梳理着羽毛。林徽因的目光由喜悦变为伤感。

（闪回）北京戏台 日 外

（字幕）1924 年 4 月。

林徽因在台上演戏，青春而活泼。

（镜头拉开）徐志摩在搭戏。

台下坐着到访的印度诗人泰戈尔、梁思成及一批文化名人。泰戈尔头戴红色柔帽，身穿浅棕色长袍，鹤发童颜，长发飘逸。

林徽因他们演出的是泰戈尔根据印度史诗《摩诃婆罗多》写的《齐德拉》，用的全部是英文对白。林徽因饰演齐德拉，徐志摩饰演爱神玛达那。

演出大获成功。幕布落下，观众纷纷起身鼓掌，掌声经久不息。

林徽因出到幕前谢幕。

泰戈尔登上台，拍着林徽因的肩膀赞许："马尼浦王的女儿，你的美丽和智慧不是借来的，是爱神早已给你的馈赠，不是让你拥有一天、一年，而是伴随你终生，你因此而放射出光辉。"（闪回完）

林徽因泪盈涟涟。

梁思成走进屋中，林徽因抹掉眼泪。

梁思成走到她跟前："在想什么呢？"

林徽因：“你还记得那次泰戈尔来中国，为欢迎他，我的演出吧？”

梁思成：“当然记得，你可是光芒四射，你的美貌和演技轰动京城。”

林徽因悲伤道：“可如今连床都下不了。”

梁思成安慰她：“不要难过，会慢慢好起来的。”

林徽因：“思成，把你写的文稿给我吧，我可以在床头审核校对。”

梁思成：“不行，医生说你得好好休息。”

林徽因：“我知道自己来日无多，我不工作成天躺在床上，无异于已经死亡。”

梁思成：“徽因，你不会死的。我需要你，你妈需要你，孩子们更需要你。”

林徽因坚持地：“你就答应我吧！”

梁思成看着她恳求的目光只得点点头：“但有一个条件。”

林徽因不知他有什么条件，看着他。

梁思成：“时间不能长，不可累着。”

林徽因高兴地点点头。

85. 一组镜头

梁思成白天查阅资料；

梁思成夜间奋笔疾书，他的下巴杵在一个花瓶上，还不时用手揉着腰间；

林徽因床头看所写文稿；

林徽因与梁思成在交流。

86. 李庄梁家　日　内

林徽因斜躺在床头，专注地握着笔修改着文稿。她的床边堆满了书籍。

梁思成手上拎了两条鱼进来，儿子跟在后面高兴道：“有鱼吃了。”

梁思成把鱼递给儿子：“去，交给外婆，今晚给你们做好吃的。”

儿子拎着鱼喊着：“外婆，外婆。”跑了出去。

梁思成走到林徽因跟前心痛道：“不是让你少工作吗？”

林徽因：“我多做一点，就给你多分担一点。你也得注意，早年出车祸腰部受过伤。”

梁思成笑笑：“没事，我穿着铁马甲呢，还有我把下巴搁在花瓶上，这样会减轻腰部的疼痛。”

林徽因心痛地：“我这一病辛苦你了，里里外外都得靠你。”

梁思成：“说这话就见外了，我们是夫妻不是吗？今天我还接到了美国一家大学的邀请函，让我去美国讲学，还可以带上你，他们答应负担你在美国的治疗费。”

林徽因看着自己的丈夫：“你怎么想？”

梁思成：“我很矛盾，祖国在受难，我宁愿死在日本人的刺刀和炸弹下，也决不离开。可想到你的病情……”

林徽因拉着梁思成的手："你说得对，此时我们怎么能只顾自己离开。你放心吧，我还有没完成的工作，上天不会要我的。对了，你哪来的钱买鱼？"

梁思成笑道："我把派克钢笔给清炖了。"

林徽因责备道："那可是跟随你十多年的笔了，你怎么能卖了它。"

梁思成很开朗地："旧的不去新的不来嘛！以后一切都会有的。"

87. 空中　日 外

四十多架日军轰炸机在护航机的护航下飞往李庄。

执行轰炸任务的还是二飞行战队，中佐三木队长表情冷酷。

指挥正是那位日本青木大佐，他驾驶着战机态度骄横。

青木大佐恶狠狠地（日语）：小小的李庄，我要让你变成一片焦土。

88. 李庄营造学社　日　内—外

梁思成和学社的人正在埋头工作。

罗同学奔了进来，对梁思成道："梁先生，门外来了两个外国人，说姓费……"

梁思成一听立马放下手中的笔，快步来到门口。

门口立着梁思成和林徽因的美国老朋友费正清夫妇。费正清时任美国驻华大使馆文化参赞。

梁思成惊喜道："你们来了！"

费正清张开双臂与梁思成行了拥抱礼。

梁思成："快，快进屋！我这就去告诉徽因，她得知你们来了，不知怎样高兴呢！"

89. 梁家卧室　日　内

梁思成兴冲冲地进到卧室，对病床上正在看资料的林徽因道："徽因，你猜谁来了？"

林徽因疑惑地："谁？"

梁思成高兴地："费正清和他的夫人费慰梅。"

林徽因兴奋地叫了声："快，快扶我起来。"

梁思成扶着林徽因起了床。

林徽因坐在椅子上，对梁思成："去把我的化妆盒拿来，我可不能就这样见客人。"

90. 中国空军某基地宿舍　日　内

黄耀在宿舍的一张桌上给未婚妻写信。

（画外音）我们与日军进行了多次激烈的空战，虽然我们的损失很大，但日机的嚣张气焰得到遏制，胜利的曙光已经呈现。等着吧，胜利那天，我会用大花轿热热闹闹地把你娶进家门。到那天我会让名誉家长林徽因女士，我尊敬的林姐为我们证婚……

另一名躺在床头的空军飞行员看着他："又给未来的媳妇

写信呢？”

黄耀：“是呀！”

那军人：“写些什么呢，说来听听。”

黄耀得意地：“当然是谈婚论嫁的事。”

那军人很感兴趣，起身要过来抓信。

黄耀不给，正在打闹中，出征警报拉响。

黄耀把未写完的信装入信封放入抽屉里，迅速地和队友奔了出去。

91. 机场 日 外

一架架中国飞机在跑道上凌空而起。

（播音器中的画外音）有日军轰炸机群，正飞往宜宾方向，恐对李庄实施轰炸。

92. 空中 日 外

二十多架中国飞机在空中直扑日机，实行空中拦截。

黄耀脸色冷峻，义愤填膺。

其他中国飞行员也是摩拳擦掌，同仇敌忾。

93. 梁家客厅 日 内

收拾妥当的林徽因在梁思成的搀扶下来到客厅。

费正清夫妇站了起来。

费正清：“梁夫人，终于我们两家又见面了。”

费慰梅则走过去，拥抱林徽因："你受苦了。"

林徽因笑道："不知二位贵客驾到，徽因有失远迎。"

费正清："梁夫人贵体欠安，哪敢劳驾，码头离这里也不太远，这不抬脚就到了。"

大家都哈哈大笑。

随后大家坐了下来。

费正清："我和夫人这次来李庄，一是看望你们，二是了解中国的文化抗战。李庄如今可是名声在外。"

费正清的话音刚落，空袭警报拉响了。

梁思成："快，我们得躲一躲。"

94. 李庄镇　日　外

空袭警报尖厉地响着。

李庄镇的人都在恐慌地奔跑躲避空袭，有当地百姓，也有来李庄的下江人。大家奔到丘陵，田野。

95. 树林　日　外

学社不远处就是山丘，山丘上有成片的树林。

学社的人员和梁家，以及费正清夫妇都在树林中躲避敌机空袭。

96. 空中　日　外

日本军机朝李庄直扑而去，中国飞机从侧面飞了过来。

黄耀驾着飞机直视敌机。

黄耀耳机里传来了飞行大队长的命令："一定要拦截住这群敌机，决不能让其对目标实施轰炸。"

耳机里响起接到命令飞行员的回答："2017 明白。""2113 明白。""2221 明白。"

黄耀："2250 明白！"一拉操纵杆，驾机朝敌机扑去。

惨烈的空战开始了。

中国空军击落了几架敌机，自身也有被击落的。黄耀击落了一架敌机，但是随即被日军中佐三木的飞机咬住。他们在空中进行了缠斗。黄耀一个鹞子翻身，处于三木的后上方，随即按动炮火按钮，射出一串复仇的炮火，将其击落。

三木的飞机撞向了地面，燃起熊熊烈火。

而此时黄耀的飞机也被处于他侧后下方的青木飞机击中，机尾冒着黑烟，他自己也肩部受伤。

驾驶舱里的青木大佐露出狞笑。

黄耀发现了青木的飞机，努力控制住冒着浓烟的飞机，直扑此时处于他侧面的青木飞机。

正洋洋得意的青木大佐，看到飞机朝他冲过来，慌忙驾机避让。

黄耀紧咬不放。

青木转弯企图摆脱黄耀的火炮射击。

黄耀则一推操纵杆，加速抄近道一头撞上去。

青木恐惧地大叫："啊——"

黄耀的飞机和青木的飞机空中相撞爆炸解体。

97. 侵华日军司令部　日　内

司令官畑俊六背着手在查看挂在墙上的大地图。

桌上的电话机铃声急促响起。

畑俊六回转身，走到桌前拿起电话接听。

（话筒里传来报告人的声音）“司令官阁下，轰炸李庄的行动，受到中国空军的顽强阻击，未能奏效。”

畑俊六怒火中烧：“是谁指挥的？我要军法从事！”

（电话那端）“飞行团长青木大佐和二飞行战队三木队长在空战中都不幸遇难。”

畑俊六颓然地垂头放下电话。

98. 李庄营造学社　日　内

黄耀的遗物摆在桌上。

学社的同仁都非常悲痛，费正清夫妇也很沉痛。

林徽因支撑着身体坐在藤椅上看着黄耀的遗物，还有那封给未婚妻未寄出的信，悲痛欲绝。

一旁的梁思成悲伤道：“黄耀牺牲得非常壮烈。”

林徽因泪眼婆娑：“作为他们的名誉家长，连同我的弟弟林恒，我们失去了九个兄弟，在我们的眼里，他们都还是孩子。”

费慰梅扶着林徽因的肩，擦拭着眼泪。

费正清：“意大利已经投降，德国正被盟军四面包围，太平洋上日军节节败退，中国战场中国军队也转入战略反攻，日本离战败的日子也不远了。”

99. 书房　黄昏　内

林徽因艰难地来到书房，写下诗作《哭三弟恒》，以三弟之死悼念无数个年轻蓬勃早早凋零的生命。

林徽因在悲情中用毛笔书写着：

弟弟，我没有适合时代的语言
来哀悼你的死；
（画外音）
它是时代向你的要求，
简单的，你给了。
这冷酷简单的壮烈是时代的诗……

100. 长江边　黄昏　外

太阳朝江面缓缓坠去。张涛和马慧娟在散步交谈。

张涛：“在抗战的艰难时期，从同济大学和营造学社，以及李庄其他学术研究机构的先生们那里，我看到了中国文化人的不屈和品德。”

马慧娟：“是呀，林先生告诉我，中国抗战必胜，战后国家急需大量建设人才。学社不仅要做学问，还要培养人才，使之薪火传承。”

张涛点点头："可如今祖国母亲每天都在受着凌辱，我要投笔从戎，驱逐倭寇。"

马慧娟深情地看着他："我等着你凯旋的那天。"

张涛紧紧地握住她的双肩。

101. 禹王宫同济大学校本部　日　外

同济大学在禹王宫召开从军签名仪式。

到处都是励志的标语：驱除日寇，还我山河；放下书包，背上枪炮；消灭敌人，再回学校……

同济大学校长、梁思成、史语所负责人及费正清夫妇也在台上就座。

鼓声频传，同学们热血沸腾，摩拳擦掌。

投笔从戎的莘莘学子，踊跃上台签名从军。张涛签了字，义愤填膺地走下台，朝马慧娟所在的位置看去。

马慧娟激动地站起身，出了队列跑上前去，给他脸颊上一个亲吻。

全场沸腾，响起热烈的掌声。

一名同济大学德籍教授看到这种阵势，感动得热泪盈眶。伸出大拇指高呼："中国不会亡，中国一定强！"

102. 房东家屋前　日　外

张房东在屋前，来回地走动，显然是在等他的儿子张涛。

张涛出现在视野中，看见他父亲，快步走了上来。

张房东对走近的儿子："听说你报名当兵了？"

张涛点点头："爸，你不会怪我投笔从戎了吧！"

张房东激动地："好，此举正合我意。吾儿从军，报国有期。我给你设壮行宴。"

张涛："我上同大，你设了宴，哪还有钱办？"

张房东："我有口上好木料做的棺材，明天我拉到宜宾卖了，办壮行宴应该够了。"

张涛："这怎么行？"

张房东："你就别管了，既是壮行，就当破釜沉舟，卖棺材也寓意把死亡送给小日本。"

103. 长江边　日　外

天空下着雨，同济大学投笔从戎的学生们，穿着单衣在进行集训。大雨淋湿了他们的衣服，一些学生用手抹着满是雨水的脸部。

张涛和其他从军的同学们一道精神抖擞，高昂地唱着《知识青年从军歌》：

君不见，汉终军，弱冠系虏请长缨；
君不见，班定远，绝域轻骑催战云！
男儿应是重危行，岂让儒冠误此生？
况乃国危若累卵，羽檄争驰无少停！
弃我昔时笔，著我战时衿，

一呼同志逾十万，高唱战歌齐从军。

齐从军，净胡尘，誓扫倭奴不顾身……

104. 同济大学土木系教室 日 内

梁思成在讲台上做讲座，下面坐满了学生，马慧娟也在座。

梁思成用粉笔很快在黑板上勾勒出两个同样大小的房屋构架。在一个房屋构架上画了门窗和台阶，还有两个人。

梁思成指着道："很显然，这是一幢住宅。"

梁思成又将粉笔移向另一个他勾勒的房屋构架上，只在墙上画了一个洞，旁边画了一只狗。

梁思成问："这是什么？"

同学们齐声回答："狗窝。"

梁思成："可见，一样的形式，不同的比例和尺度，就形成了不同的建筑……"

105. 同济大学校园 黄昏 外

梁思成结束讲座出了教室，很快又被同学围着问这问那，他都一一耐心解答。

同济大学校长走过去："同学们，梁先生今天累了，改天再请他给大家讲好不好？"

同学们这才逐渐散去。

校长对梁思成道："梁先生讲课生动形象，旁征博引，不仅土木系的同学喜欢听，别的系也来了不少，还有些呢是想一睹先生的风采。”

梁思成：“同学们的求知欲很旺，我也很乐意跟他们交流。”

106. 李庄梁家院落　黄昏　外

夕阳晚照。

费正清夫妇和林徽因坐在院落的藤椅上。林徽因的膝盖上盖了床薄毯。

费慰梅看着如今的林徽因，脑海里面浮现出过去的一幕。

（闪回）北京郊区　黄昏　外

费正清夫妇和林徽因在骑着马奔跑，林徽因穿着马裤，蹬着马鞍，英姿勃发。（闪回完）

费慰梅对林徽因感慨道：“你还记得北京时，我们时常在郊外骑马吗？”

林徽因笑道：“当然记得，算来那是十年前的事了。”

费慰梅：“你骑在马背上的身姿看上去棒极了，连我丈夫这个号称美利坚骑士的人，每每说起也自叹不如。”她掉头看着费正清，“是吧？”

费正清笑道：“是的，我们都赞叹你很有骑师的天赋。”

林徽因看了看自己：“如今不要说骑马了，就是坐久一点也不行，这辈子与马无缘了。”

费正清对林徽因道：“你丈夫去美国讲学，你随同把病治一治不好吗？”

林徽因看了看费正清，然后看着远天：“我和思成的意见一致，一来不愿离开正在受难的祖国，二来在这场文化抗战中，我们必须要有所作为。”

费慰梅非常担忧：“可你目前的身体状况很不好，得有良好的医疗条件治疗。”

林徽因笑了笑：“谢谢你们的好意。”

随后她用英语为他们朗诵拜伦的诗：

你那百折不挠的灵魂——
天上和人间的暴风雨
怎能摧毁你的果敢和坚忍！
你给了我们有力的教训：
你是一个标记，一个征象，
标志着人的命运和力量……

林徽因朗诵完后道：“每当我觉得自己的生命快要被困苦和病魔吞没时，我就会从拜伦的这些句子中，找到一种精神的力量，去战胜任何艰难困苦，获得生命的涅槃。”

坐在林徽因旁边的费慰梅握住林徽因的手，深有感触道：“你让我看到了中国女性的智慧和伟大。”

梁思成从外面跨进了院落：“你们在聊什么呢？”

费正清道：“在听你夫人朗诵拜伦的诗呢。”

林徽因看着梁思成：“你给同济大学土木系的同学讲座怎么样？”

梁思成高兴地："同学们的学习热情很高，以后除了做研究，我想做好教学这一块。"

林徽因："好呀，抗战胜利后收拾旧山河需要大量建筑人才，只有涌现出千千万万个建筑师，才能盖得广厦千万间。"

107. 梁家大门口　晨　外

费正清夫妇要走了，费正清手中拎着一口箱子。

梁思成和林徽因来到门口。

林徽因抱歉道："我这身子骨不行，就让思成多送你们一程吧。"

费正清点点头。费慰梅上前给了林徽因一个拥抱。他们这才在梁思成的陪同下，朝码头走去。

108. 李庄码头　日　外

梁思成送费正清夫妇来到码头的趸船处。

一艘客轮停泊在码头。

梁思成交给费正清一个胶卷："这是写成的《中国建筑史》，凝聚了我和徽因以及营造学社同仁的心血。"

费正清郑重地接过："太了不起了，在如此艰难困苦的环境下，竟然完成了如此宏著。"

梁思成对费正清夫妇真诚道："谢谢你们能来这偏僻的小镇，看望徽因和我。"

费慰梅："我们是老朋友了，我不虚此行。李庄，让我看到了中国民众的抗战决心，看到了中国学者所承担的社会责任，已根深蒂固地渗透在社会结构和个人前途的期望中。”

109. 李庄梁家　日　内

（字幕）1945 年初夏。

（画外音）继 1943 年意大利投降后，1945 年 5 月 7 日德国宣布无条件投降，日本在太平洋战场和中国战场败局已定。

梁思成对林徽因道：“我接到通知，被任命为中国战地文物保护委员会副主任，要我立即赶往重庆。”

林徽因看着他：“去重庆？”

梁思成点点头：“盟军即将展开对日军盘踞地的轰炸，为避免文物在炮火和飞机投放的炸弹中焚毁，我得把它们标注出来。”

林徽因：“你一人去吗？”

梁思成：“我让小罗跟我一块儿去。”

林徽因兴奋道：“天终于要亮了。”

110. 重庆梁思成办公室　日　内

坐在办公桌前的梁思成，把一份写好的目录递给身边等候的小罗：“这是编好的文物目录，你在军用地图上仔细标出准确位置。”

小罗点点头，接过目录，走到自己的办公桌前，在军用地图上认真标注起来。

（镜头转换）小罗拿过目录走过来对伏案工作的梁思成：“梁先生，这目录上有两处怎么会是日本的京都和奈良？”

梁思成没有抬头：“你别多问，标注便是。”

小罗只得回去工作。

梁思成想了想，从抽屉中拿出信纸写了起来。

（画外音）盟军司令部：如果对日本本土毁灭性轰炸不可避免，京都、奈良两座古城不可为，它们是人类的共同财富。

111. 空镜头（历史图像）

日本东京。美军的飞机铺天盖地，投放了大量炸弹，整座城市一片火海。

日本大阪。同样遭受毁灭性轰炸，满目疮痍。

日本横滨。美军轰炸机机翼下，成群的炸弹投放下去，城市的建筑顷刻间变为废墟。

（字幕）美军轰炸了日本本土近百座城市，京都、奈良幸免。

两颗原子弹先后在日本广岛、长崎爆炸，升腾起蘑菇云。

（画外音）1945 年 8 月 6 日和 9 日，美国先后向日本的广岛和长崎投放了原子弹。8 月 9 日，苏联出动 150 多万大军南下，加入了对日作战。

112. 李庄镇街　夜　外—内

夜色笼罩着古镇，显得异常的静谧。

瘦高的打更人提着灯笼，敲着梆，喊着："平安无事。"

打更人的身影在街上游走着。

113. 李庄羊街同济大学学生宿舍　夜　内

一位男同学用自制的裸露零部件的收音机，在调频收着广播。收音机里传来阵阵噪声。

也有两名同学围在一旁。

收音机里的声音随着调频逐渐清晰起来："各位听众，现在播送重大新闻，日本接受《波茨坦公告》，宣布无条件投降……"

114. 李庄羊街　夜　外

瘦高的打更人转到了羊街，依旧敲着梆，喊着："善行无迹，恒德乃足。"

打更人走到同济大学学生宿舍前，收听收音机的几名学生猛然开门奔了出来。

打更人看见，不知发生了什么，吓了一跳。

那些同学兴奋地大喊："我们胜利了！小日本投降了！"

打更人一愣，也兴奋地边跑边高喊："日本人投降了！"

小镇的门户纷纷打开，人们从屋里奔了出来，随后加入了欢乐的人群。

115. 李庄梁家　晨　内

林徽因躺在床头，她女儿从外面气喘吁吁地跑了进来，大喊着："妈，妈……"

林徽因看着女儿，不知发生了什么事。

女儿："日本投降了！"

林徽因一时不敢相信："真的？"

女儿："镇上好热闹，人们都在上街欢庆呢。"

林徽因兴奋地："快，去叫人，把我抬到镇上去。这一天终于等来了！"

116. 李庄镇街　晨　外

街头游行庆祝的队伍既有本地人，也有下江人。不分男女老少、乡民士绅、学生老师、先生女士。有踩高跷的、扭秧歌的、打鼓的……大家兴高采烈庆祝胜利的到来。

117. 码头前大树旁　晨　外

林徽因被人用自制滑竿抬着，看着从身边走过的庆祝的游行队伍。她的女儿、儿子站在她的身边。

林徽因眼含激动的泪水。过去的一幕幕在她眼前闪回：

A. 她和梁思成及家人在火车站逃离北平；

B. 在昆明龙头村，敌机轰炸，他们在田间躲避；

C. 她的三弟和飞行员黄耀壮烈牺牲的场景……

118. 重庆办公室　日　内

（画外音）外面传来阵阵欢庆抗战胜利的声音。

收拾着行李的梁思成从窗口望出去，街头满是欢呼抗战胜利的海洋。

梁思成拎起收拾好的行李箱，对罗同学道："我们得赶回李庄，同我夫人和大伙一块儿庆祝。"

119. 营造学社　黄昏　内

营造学社的同仁以及梁思成一家，围坐在拼成的大桌前，吃饭喝酒庆祝。

大家兴致都非常高涨。

梁思成端着酒碗："来，干！"随后把碗中的酒一口干了。

林徽因爱惜地："思成，你身体不好，少喝一点。"

梁思成兴致盎然："今天不是高兴吗？"

刘先生也端起酒碗："八年了，学社同仁颠沛流离，几度迁徙，在思成和徽因的苦苦支撑下，终于挺过来了。不容易呀！"他的泪水流了出来，随后抹掉眼泪，"今天应该高兴。" 一仰头把碗中的酒喝了。

学社的人也纷纷把碗中的酒干了。

120. 李庄梁家　日　内

林徽因身体依然孱弱，坐在藤椅上。

听说要返回京城了，她的女儿和儿子非常高兴，围在她的身边。

儿子："妈，我们就快回北平了吗？"

林徽因看着消瘦的儿子："看你高兴的。"

马慧娟走进："林先生！"

林徽因看着她，高兴道："你来了？"

马慧娟："我是来向你们告别的。"

林徽因："你今年毕业了，去哪里？"

马慧娟："张涛离开部队去了成都，给我在一家建筑公司谋了差事，我一会儿就启程。"

林徽因拉着她的手："祝福你们！"

121. 李庄码头　日　外

来到李庄躲避战争的下江人开始陆续返回，码头上往来船只密集。

一队队的下江人来到码头，有的在登轮船，也有满载人员的轮船在汽笛声中驶离码头。一片忙碌的景象。

同济大学校长和那位钟老教师以及姓叶的中年教师，还有李庄的罗爷、李爷及不少士绅在码头上看着。

校长深有感触地对罗爷道："抗战的艰难时期，感谢李庄以博大的胸怀，收留了我们。"

罗爷："是苦难的命运把我们联系在了一起。"

校长望着远天："同济不会忘记李庄，不会忘记李庄的父老乡亲。"

122. 史语研究所　日　内

有人进到负责人办公室，递给负责人一份文字：“就要离开李庄了，大伙决定在这外面立个纪念碑，这是碑文请您过目。”

负责人接过浏览起来，看完后道：“好，特别是这句‘我东曰归，我情依迟’，很能表达我们此时此刻的心境。”

123. 营造学社　日　内

学社人员有的在清理资料，有的在打包装箱。他们做着回迁的准备。

林徽因支撑着孱弱的身体在指挥。梁思成从外面进来，手中拿着一份函件对林徽因道：“清华大学来函，邀请我担任新成立的建筑系主任，你也在邀请之列。”看了看忙碌的那些学社同仁，“学社人员也将是建筑系的骨干力量。”

林徽因欣慰地：“国家百废待兴，培养更多的建筑人才，是我们的愿望不是吗？”

梁思成点点头。

124. 李庄码头　日　外

梁思成、林徽因和儿子女儿及林母一家，还有学社同仁来到码头。

林徽因望着码头江堤上的那棵大树，饱含情感地抚摸着，然后朝石阶下走去。

梁思成提了皮箱，大家跟上。

下了江堤，他们朝停靠在码头的轮船走去。

125. 轮船　日　外

轮船在一声汽笛中缓缓驶离李庄码头。

梁思成和林徽因站在船舷边，望着渐渐远离的李庄，流露出依依不舍的神情。

林徽因感慨："在这里六年了。"

梁思成："是呀，六年来，我们经历了太多的事情，李庄虽然只是一个不起眼的、在地图上都找不到的小镇，却扛起了民族大义，让中华文明的薪火在这里得以传承。"

126. 空镜

轮船渐渐在长江中远去，空余滔滔东去的江水。

（画外音）林徽因诗《你是人间的四月天》：

你是一树一树的花开，
是燕在梁间呢喃，
——你是爱，是暖，是希望，
你是人间的四月天……

（剧终）

电影《陈嘉庚》

编剧：张思涛

微信扫一扫本书首页“中影社”小程序二维码
进入“中影社”小程序扫描此条码观看精彩视频
扫一扫 了解作者

剧中主要人物

陈嘉庚 1874—1961年，生于厦门市集美社，马来亚新加坡侨领，“南侨总会”主席
剧本故事主要发生时间在1938—1949年，主人公64—75岁

毛泽东 中共中央军委主席
朱　德 八路军总司令

庄西言 印尼侨领，“南侨总会”副主席
侯西反 南洋华侨，“南侨总会”常委
李铁民 南洋华侨，“南侨总会”常委兼秘书

蒋介石 中国国民党总裁

吴铁城 国民党中央海外部部长

高凌百 国民党政府驻新加坡总领事

王泉笙 菲律宾侨领，国民党右派代表

陈金娣 女，集美渔民女儿，厦门大学毕业生（虚构人物）

苏仲伦 男，新加坡华侨富商之子，陈金娣的恋人（虚构人物）

剧本

微信扫一扫本书首页"中影社"小程序二维码
进入"中影社"小程序扫描此条码观看精彩视频
扫一扫 了解剧本创作背景

1. 当代厦门（一组镜头，大全）

（俯瞰）一座美丽的海岛花园城市。

镜头迅速地掠过：火车快速驶过的鹰厦铁路。高集海堤。一座又一座的跨海大桥。海滨大道。厦门大学。集美学村。鳌园……

（老年陈金娣的旁白）厦门，我美丽的家乡……在这座城市里，到处弥漫着一个老人的气息，他的名字，在人们心中传颂……

2. 陈嘉庚故居（一组镜头，特写）

镜头的节奏变得缓慢而悠长：一张破旧的沙发。一把老躺椅。一把雨伞。一顶礼帽。书架上落着尘土的书（《天演论》《毛泽东选集》《验方新编》等）。窗台上的一株小花……

（老年陈金娣的旁白）人们说他是伟大的实业家，伟大的教育家，伟大的爱国者……

3. 陈嘉庚雕像特写

镜头在陈嘉庚雕像前停留下来，缓缓地，他的雕像似乎活动起来，音容笑貌越来越清晰……

（老年陈金娣的旁白）而我，还是习惯称呼他"校主"……

4. 片名《陈嘉庚》

隐黑。

5. 新落成的陈嘉庚纪念馆 日 外/内

阳光铺洒在宽敞的展厅里，浮尘在光束中舞蹈。

一个老人的背影，满头白发在阳光里泛着光。

镜头渐渐推近她面前的一本摄影集，摄影集的名字是《我心目中的陈嘉庚》。

老人的手缓缓翻开这本摄影集。

6. 在舒缓的音乐中，叠印一组黑白旧照片（均加字幕）

集美社古老的闽南民居“颍川世泽堂”。

郑成功的遗址“延平故垒”和“国姓井”。

当年的新加坡河两岸。

陈嘉庚公司总管理处旧址。

年轻的陈嘉庚站立船头，身旁有成箱的“苏丹”牌菠萝罐头。

成片的橡胶林和菠萝种植园。

“捷足先登”橡胶产品广告……

（老年陈金娣的旁白）“校主”17岁漂洋过海去新加坡创业，二十多年后已经成为东南亚最著名的“橡胶大王”“菠萝罐头大王”，建立了自己的实业王国，积累了上千万的财富……

7. 镜头固定在一张黑白旧照片上

陈氏宗祠大门口，陈嘉庚与各房房长、族亲合影。

（老年陈金娣的旁白）那一年，“校主”38岁，他从新加坡回乡办起了第一所学校，他在陈家祖庙前对大家说：国家的富强全在于国民教育，今天我在祖宗灵前立志，今后一生经商所获财利，全部拿出来办教育，以尽一份国民的天职。

8. 镜头固定在另一张黑白旧照片上

集美社女子小学校门口，陈嘉庚与师生们合影。镜头推近，挨在陈嘉庚身边的女孩正是幼年陈金娣。

（老年陈金娣的旁白）有一天，“校主”来到小渔村，走进我家，亲手解开了我的缠脚布，把一个小书包放到我肩上，还把三块银圆放在父亲手里，领着我走进了集美学校的大门。

9. 历史资料镜头（加字幕）

1937年7月7日，卢沟桥事变爆发。第二天，中国共产党通电全国，号召实行全民族抗战。7月17日，蒋介石发表庐山谈话，宣布准备对日作战。

（老年陈金娣的旁白）我再一次见到“校主”，已经是1938年10月，抗日的热潮在祖国风起云涌……我在厦门大学毕业后，与我的恋人苏仲伦一起回到他的家乡新加坡……那一天，在南洋华侨筹赈祖国代表大会上，“校主”被选举为“南侨总会”的主席……

10. 新加坡华侨中学大礼堂 日 内

字幕：1938年10月10日，新加坡华侨中学大礼堂。

南洋华侨筹赈祖国代表大会正在举行。来自东南亚的马来亚、缅甸、北婆罗洲、爪哇、苏门答腊、西婆罗洲、菲律宾、暹罗等45埠160余名代表集中坐在礼堂中心座席，高椅背上写着有关国家、地区的标识。

会场用彩旗和鲜花精心布置，气氛热烈而庄重。主席台正中高挂孙中山画像，两侧分别挂青天白日中华民国国旗和马来亚国旗，大会横联“团结、救亡、斗争、抗敌、牺牲、雪耻”，右联“立国五千年忍使黄魂沉赤血”，左联“华侨八百万誓扶白日照青天”。

新当选主席陈嘉庚正在主席台上讲话。

陈嘉庚当时64岁，健硕的中等身材，稍为花白的鬓发，上唇蓄着短须，双眼在镜片后炯炯有神，灰黑色西服系着红色领带，威严的老者风度。

陈嘉庚：今天，南洋华侨筹赈祖国难民总会成立了！我中国之抗战，实为御侮而战，实为维护国际盟约、保障世界和平而战，为此我们号召各地侨胞，精诚团结、集思广益，加紧出钱出力，源源接济祖国，以达到胜利之目的……

11. 新加坡华侨中学大礼堂 日 内

大会主席台上，坐着新当选的副主席、常委庄西言（字幕：印尼侨领，南侨总会副主席）、侯西反（字幕：南侨总会常委）、李铁民（字幕：南侨总会常委、秘书）、王泉笙（字幕：菲律宾侨领）等人和特邀代表高凌百（字幕：中国驻新加坡总领事）。他们都在凝神听陈嘉庚讲话。

（陈嘉庚讲话的画外音）……中国战费每月七八千万元，而华侨捐款及公债，加以家寄每月合计两千多万元，如此则我华侨对战费几负担三分之一。

12. 新加坡华侨中学大礼堂　日　内

在后面的来宾与记者席上，陈金娣（当时22岁，剪短发，漂亮而干练的知识女性）手上抱着相机，正出神地望着台上发言的陈嘉庚。苏仲伦（当时25岁，帅气沉稳）站在一架摄影机旁，在现场拍摄影像。他回头看一眼陈金娣，两人有一个眼神的交流。

（陈嘉庚讲话的画外音）……莫怪我政府重视华侨之助力，与最后胜利大有关系，我侨既知此义，更当增加奋发……

13. 新加坡华侨中学大礼堂　日　内

陈嘉庚在热烈的掌声中结束了讲话。

庄西言：现在请总领事高凌百先生讲话。

高凌百：当前国内政治派别情况复杂，兄弟希望海外侨胞认识到一点，中国国民政府乃中国国内外四万万七千万同胞之唯一合法政府，蒋委员长乃中国国内外四万万七千万同胞之唯一抗战领袖……

14. 华侨中学礼堂外厅　日　内

陈嘉庚、庄西言、侯西反等人从会场走出，一批中外记者把陈嘉庚围住提问，陈金娣也在记者堆中，但她被挤在后面。

记者一：请问陈先生，您是南洋实业家，也是毁家兴学第一人，这次组织南侨总会，是否意味着今后又将投身从政？

陈嘉庚：我对政治完全是门外汉，只不过是国难当头，尽一份中国人应尽的责任而已。况且有中央行政院孔祥熙院长来电指令，敢不从命。

记者二：会上讲到中国国内政治派别复杂，请问南侨总会将把筹到的捐款送到哪里？

陈嘉庚：一个国家只能有一个政府，也只应有一个领袖，南侨总会筹款所得全部捐到中央政府行政院。

记者三：请问陈主席，成立南侨总会意义何在？

陈嘉庚：我想这是南洋八百万华侨空前的一次大团结，不分地域帮派、不分政见阶层，一起支援国内抗战，很了不起！

15. 华侨中学礼堂门口　日　内

礼堂门口，记者渐渐散去。

陈金娣走到陈嘉庚跟前。

陈金娣：校主！

陈嘉庚迟疑地：你是？

陈金娣：我是陈金娣呀，我父亲是集美社打鱼的……

陈嘉庚想起来了：啊，女大十八变，竟认不出来了。

苏仲伦正好走上前来拉住陈金娣的手，对陈嘉庚说：陈伯伯，她就是我跟您说过的，我的女朋友。

陈嘉庚惊喜地望着他俩。

16. 新加坡市内一闹市　日　外

这是一条华人聚居的街道，街头巷尾、商店柜窗上张贴着各种声援中国抗战的标语和漫画。

女工、女佣组织的卖花队在挨户义卖纸花，她们一路叫卖着：先生太太，支援抗战，有钱出钱，有力出力。

一家戏院门口有一支七八人的女子宣传队在演唱抗日歌曲。一名残疾人向侨胞陈述祖国难民遭遇，地上放着一个纸箱，请求捐款。

苏仲伦、陈金娣一路走来。

几个卖花女走上：先生，买一束花吧。

苏仲伦拉着陈金娣的手买了一大束花，把钱投进筹赈箱。

陈金娣开心地抱着花与苏仲伦携手跑过街头。

街边有人议论：这是苏家的大公子……

陈金娣回头，在街道那头，一群青年正举着“抵制日货”的标语喊着口号，一家商号的招牌被扯下来，并被涂上黑煤油，围观的群众拍手叫好。

17. 某剧场 日 内

陈嘉庚坐在剧场中间观看街头剧《放下你的鞭子》，饰演女儿的正是陈金娣。

陈金娣穿着一身破衣，梳着长辫子，正在被老父抽打，她虚弱地倒在地上。几个年轻人冲上来，为首的热血青年由苏仲伦扮演。

苏仲伦（怒吼）：住手，放下你的鞭子。

陈金娣（边哭边护住老父）：不要怪我爹，他也实在是没有办法啊。自从我们东北叫鬼子占领之后，无法生活，只有流浪、逃亡，无处安身，没有饭吃，过着饥寒交迫的日子，他也有好多天没有吃饭了啊……

全场情绪鼎沸，有人高呼起来："中国不能亡！""打倒日本帝国主义！"一笔笔钱扔进了募捐箱里。

陈金娣含着眼泪谢幕。

陈嘉庚站起身来，为台上的演员们鼓掌。

18. 新加坡街道 日 外

新加坡华侨夹道欢送机工队回国参加抗战。

南洋机工数百人排成整齐的队伍，他们统一着装，头戴军便帽，腰系宽皮带，一张张年轻的脸上英气勃发。街道两侧挤满了手摆小旗、鲜花的欢送人群。

在临时搭起的主席台上，挂着"欢送南洋华侨机工回国参加抗战"的横幅，陈嘉庚正在演讲、鼓动。

陈嘉庚：你们都是华侨的子弟，现在要奔赴战火中的中国。此次回国服务，是为国家民族争生路，也要为八百万华侨争体面……

队伍准备出发，机工们唱起田汉作词、聂耳作曲的《告别南洋》：

再会吧，南洋！
你海波绿，海云长，
你是我们第二的故乡……

再会吧，南洋！
你不见尸横着长白山，
血流着黑龙江，
这是中华民族的存亡……

路旁，一个年轻的应征机工，富商子弟的模样，正对着坐在太师椅上的一个七八十岁的老者磕响头。

富商子弟：爷爷，忠孝不能两全，我走了。

白发老者落泪。

富家太太：儿啊，一定要活着回来，娘等着你！

整条街道充满了肃穆、悲壮的气氛，陈嘉庚不禁擦去眼角的泪花。

19. 新加坡一条街道　暮色　外

新加坡的一条街道，华灯初上。

陈嘉庚走过一家杂货铺，听见里面有人吵闹，便走上前去。

杂货铺里有几个华侨小商人正围着一架收音机听广播。

收音机里传出中文广播声音：路透社消息，中国国民党副总裁、中国国民参政会议长汪精卫先生日前发表和平谈话。汪先生主张国际调停，表示愿意同日本方面商谈和平条件……

只听见那几个侨商在议论纷纷。一个说：报上说了，一旦和平实现，蒋介石就得下野。另一个说：谈和平条件，是不是投降了呀？

20. 陈嘉庚书房　夜　内

陈嘉庚在台灯下写电文。

书架上放着一张陈嘉庚当年在集美海滨与汪精卫的合影，两人会心地微笑着。

（陈嘉庚内心独白，以拍发电报声为背景）精卫先生勋鉴：路透社电传先生谈和平条件，谓无抗战到底的决心。实则和平绝不可能，何不若严加拒绝，较为振奋人心也。

陈嘉庚紧锁眉头，颇为不安。

21. 汪精卫会客厅　日　内

汪精卫与日本一将领握手，镁光灯一闪，拍下他们的照片。

西装笔挺的汪精卫含着笑意，道貌岸然。

（汪精卫内心独白，以拍发电报声为背景）嘉庚先生大鉴：中国为抵抗侵略而战，与不拒绝和平，并非矛盾，和平条件如无害中国之独立生存，何必拒绝。

22. 陈嘉庚书房　夜　内

陈嘉庚气愤地把刊登汪精卫与日本军官合影的报纸揉成一团，扔进垃圾桶。他提笔写电文。

（陈嘉庚内心独白，以拍发电报声为背景）：精卫先生勋鉴：先生主和甚力，淆乱视听。今日国难愈深，民气愈盛，宁为玉碎，不为瓦全。继续抗战，终必胜利，中途妥协，实等自杀！秦桧张昭，无世不有，万望接纳老友忠告，公私幸甚！

他气愤地把书架上与汪精卫的合影合上。

23. 汪精卫餐厅　夜　内

汪精卫举起酒杯，与日本军人频频碰杯，谈笑风生，觥筹交错。

（汪精卫内心独白，以拍发电报声为背景）：嘉庚先生大鉴："满洲国"与中国完全外交之建立，共同反共条约之缔结，平等地位中日之经济合作，指日可待矣。

24. 中国驻新加坡总领事馆　日　内

高凌百在总领事办公室召见陈嘉庚。

办公桌上放着几张发表陈嘉庚与汪精卫往来电报稿的报

纸，两人面对面坐着，高凌百有点拿总领事的架子，坐在高背转椅上，摆出一副以势压人的样子。

高凌百：陈先生和汪副总裁的电文往来，是内部不同意见的争论，你怎么可以拿到报纸上公开发表呀！

陈嘉庚不语。

高凌百：总之，不要再发了！也不要再责怪汪副总裁了！以免被外国人讥笑中国人窝里斗，切记切记！

陈嘉庚依然不语。

高凌百强调：告诉你，这也是重庆来的意见！

陈嘉庚：那好，我就把电报发到重庆去。

陈嘉庚戴上礼帽，拿起手杖，头也不回地走了。

25. 重庆国民参政会会场 日 内

在重庆国民参政会会场上发生了喜剧性的一幕。

大会主持人：下面，请汪精卫议长来宣读新加坡华侨参政员陈嘉庚先生发来的电报提案。

汪精卫接过大会工作人员递给他的一封电报稿，拆开信封。

汪精卫（念）：敌人未退出我国以前，公务员谈和平便是汉奸国贼。

会场四周哄笑起来，汪精卫有点狼狈不堪。

26. 历史资料

重庆各报纷纷发表陈嘉庚“电报提案”原稿。有报纸称之为“古今中国最伟大的一个提案”。也有报纸发表了汪精卫念提案时各种尴尬相的照片……

（老年陈金娣的旁白）在重庆召开的国民参政会上，汪精卫亲口宣读了“校主”宣判他是“汉奸国贼”的电报提案，会上哄堂大笑，真是大快人心……然而，就在那时候，我和苏仲伦之间也发生了一场辩论……

27. 新加坡苏仲伦家　日　内

苏仲伦站在窗前抽烟，陈金娣坐在沙发上沉默不语，她的身旁放着一本《社会发展史》。

苏仲伦：我不反对我俩推迟婚期，我也同意你回国参加抗战，可你为什么一定要去延安呢？难道我们就要分道扬镳了？

陈金娣：我没有说要分道扬镳，你可以和我一起去延安。

苏仲伦：那你为什么不和我一起去重庆呢？

陈金娣：共产党坚持抗战，为天下劳苦大众求解放，有什么不好？

苏仲伦：陈大小姐，莫非你想把阶级斗争学说带到我们俩中间来？

陈金娣：苏大少爷，难道你还想做秦始皇，禁锢别人的思想？

两人互不相让，越争论越激烈，显然谁也说服不了谁。

（老年陈金娣的旁白）我和苏仲伦终于分道扬镳了。分手时心里真的很难受，他真心爱我，我也离不开他。所以我们约定，抗战胜利后就回新加坡结婚。

28. 怡和轩俱乐部 日 内

陈嘉庚办公室，李铁民拿着一叠文件在向陈嘉庚报告“购机寿蒋”活动的结果。

李铁民：这次我们在南洋华侨中发动“购机寿蒋”活动，总共募捐到国币一百三十万余，已经全部汇交给南京政府，这些钱估计可购买飞机十三架。

陈嘉庚：太好了，分派给我们的任务只是一架飞机，现在完成了十三架，为我们华侨争了脸，蒋委员长做寿也显得更风光了！

李铁民慎重地建议：陈主席，我有一个想法，这次活动取得的成绩应归于华侨的爱国之心，因此对外宣传上是否可将“寿蒋”两字更改，称为“购机救国”活动？

陈嘉庚固执地回答：“购机寿蒋”是名，“献机救国”是实，名不害实，我看不必更改。我自己从来不做寿，也不主张为个人做寿，但蒋委员长是国家民族代表，自当别论。

李铁民：可是现在国内政治状况错综复杂，国共两党摩擦不断发生，蒋委员长也……

陈嘉庚：耳听为虚眼见为实，这些事情不好妄加猜测。（陷入思考中）祖国抗战两年多了，对于战争状况、国内民众生活我们都知之甚少，我倒觉得可以组织一个华侨慰问团，回国慰问抗战将士和苦难同胞，同时做实地考察……

29. 新加坡的一个会议厅 日 内

在一个小型会议厅里，挂着“欢送华侨慰问团”横标，会议桌四周坐有三十多个参加慰问团的华侨代表，陈嘉庚正在作欢送演讲。

陈嘉庚：我给诸位讲一个《论语》里的故事。卫国的大夫蘧伯玉派一个使者访问孔子。孔子问那个使者：蘧伯玉他老人家在干些什么呀？使者回答：他老人家想减少过错却还没能做到。使者走了，孔子说：真是一个好使者！真是一个好使者！孔子赞叹的是那个使者能为主人谦逊。古之使者即今之代表，今日南侨总会欢送诸位代表，无他物可奉赠，只有“谦逊”二字作赠品。此次祖国抗战为历史以来最严重之大事，我华侨虽源源捐资不断，然尚未尽到责任，捐款即使增加十倍廿倍亦不为过，诸代表尤当明白不足之憾，不可夸张自满为幸……

30. 怡和轩俱乐部 日 内

陈嘉庚在自己办公室里，李铁民敲门进来。

李铁民：陈主席，高凌百总领事今天坐飞机回重庆，说要提前去为接待华侨慰问团作安排。

陈嘉庚：华侨慰问团要他安排什么！前几天他跟我说，要代表我当慰问团团长，我回答慰问团已有团长，无须劳驾，把他挡回去了。

李铁民：他是想把华侨支援祖国抗战之功据为己有。

陈嘉庚：我看他也害怕我们去会把他在南洋的所作所为暴

露了。

李铁民：黄鼠狼给鸡拜年，没安好心！

陈嘉庚走到窗前，遥望远天，对李铁民说：既然这样，我决定自己参加慰问团……十八年没有回国了，我也真想回去看一看！

31. 重庆机场停机坪　日　外

字幕：1940 年 3 月 26 日，重庆珊瑚坝机场。

“热烈欢迎侨胞领袖陈嘉庚先生”“热烈欢迎华侨回国慰问团莅临重庆”的横幅标语下，旗帜飘举，人头攒动。

32. 飞机上　日　内

陈嘉庚靠在舷窗边正在看书。

李铁民走过来：陈主席，重庆机场快到了，飞机就要降落了。

陈嘉庚：好。

他合上手中书本，可见书名是《西行漫记》。

33. 汽车内　日　内

高凌百搭乘吴铁城的汽车，正在驶往机场。

吴铁城（字幕：国民党中央海外部部长）：这个陈嘉庚，这里人简直都把他当作财神爷了，蒋委员长当面关照我，一定要把他接待好，千万不要得罪。

高凌百：我已经给你介绍过，这个老头子又古板又死犟，从来不听招呼，不好对付，吴部长你多加小心。

吴铁城：重要的是必须控制新闻舆论，我已经给报社社长开过会了。

高凌百：新加坡还有人说他是共产党呢。

吴铁城有点警惕地盯着高凌百。

从车窗外可以看到重庆机场到了。

34. 重庆机场停机坪 日 外

飞机徐徐降落。

66岁的陈嘉庚神采奕奕手扶舷梯健步而下，庄西言、侯西反、李铁民等慰问团成员紧随其后。

吴铁城笑容满面迎上前去，高凌百跟在后面作介绍。

吴铁城：我代表蒋委员长欢迎陈老先生来重庆，一路辛苦！

各界欢迎代表一拥而上，握手、献花，记者们镁光灯闪个不停。苏仲伦也在记者群里。

35. 机场休息室 日 内

机场一侧休息室里设临时欢迎茶话会，桌上放着各界代表献的锦旗和鲜花，陈嘉庚在致辞。

陈嘉庚：我离开祖国十八年了，我的心随时随地都在惦记着祖国。祖国抗战已有三年，华侨未能参加抗战，于义实有未尽，故此次举派代表回国，向忠勇抗战将士及遭受痛苦之民众，表示深切慰问和致敬！

有记者提问：请问陈先生行程如何安排？

陈嘉庚：我久未回国，究竟可以到哪些地方，现在还不便予告。如果八路军所在地延安能去的话，我也想亲自去看看，以了解真相，才不负侨胞的委托。

36. 小汽车 日 内

陈嘉庚乘坐的小汽车内，苏仲伦与陈嘉庚挤坐在一起。一到重庆就能遇到这位南洋老友的孩子，陈嘉庚显然很高兴。老少两人亲切地攀谈起来。

苏仲伦：陈伯伯，我一到重庆就进《中央日报》当记者，已有一年多了。

陈嘉庚：重庆好吗？你在报社工作怎么样？

苏仲伦苦笑了一下：这里流传一句话叫作“前方吃紧，后方紧吃”，除了听到警报响赶紧钻防空洞，没有抗战的气氛，照样是莺歌燕舞，灯红酒绿。我远离南洋爸妈，回祖国是想参加抗战，谁知道……

陈嘉庚不禁皱了下眉头：你们的报纸不是可以宣传抗战吗？

苏仲伦：前线来的消息总是让人丧气，政府和国民党里的事又说大敌当前要多守秘密，写的文章经常会被禁止和删掉。

陈嘉庚：听起来你在重庆还很苦闷。

苏仲伦不想把心中的不愉快传染给刚到重庆的长辈，赶紧说：不过，陈伯伯来到重庆我很高兴，我可以开车陪您到处看看、玩玩。

37. 嘉陵招待所　日　外

一排黑色小汽车驶进地处嘉陵江边的嘉陵招待所，陈嘉庚、庄西言、侯西反、李铁民等分别下车，苏仲伦跟在陈嘉庚身边照顾老人家上坡，员工来运送行李。

陈嘉庚在招待所前稍事休息，欣赏夕阳下嘉陵江风光，发现江岸高坡处有一大门，上书“嘉陵新村”四字，里面是一幢幢新建的花园别墅，富丽堂皇，有的尚未竣工。

陈嘉庚不禁问道：这里环境好幽静，这些别墅都是何人所盖？

苏仲伦脱口而出：这都是国民党大官的私邸住宅，这些人可发了国难财了。

陈嘉庚指着一座呈圆形的小洋楼问道：那是谁的？

苏仲伦：那叫作“园庐”，是立法院孙科院长的。

陈嘉庚沉默着不说话。

苏仲伦忍不住又介绍说：在山坡那边，还有一座“嘉陵宾馆”，更加富丽堂皇，是行政院院长孔祥熙私人经营的。今天晚上他们就在那里给你们接风。

陈嘉庚感到很惊讶：如此看来，中国政治与外国相差甚远。在一些西方国家，公务人员不能兼作营业与民争利，像行政院院长那样的尊严高官怎么可能来经营旅馆行业呢？

38. 嘉陵招待所　日　内

苏仲伦陪陈嘉庚走进住房，苏仲伦还在继续介绍他所知道的情况。

苏仲伦：陈伯伯和慰问团这次来重庆，政府倒是非常重视。蒋委员长亲自安排，政府拨款八万元让组织部、海外部、政治部轮流负责接待，已经订了市里几家有名旅馆的房子……

陈嘉庚听到这里顿感不安，连忙拉住刚进屋的李铁民，嘱咐道：铁民，你马上起草一个声明，送报社发表，就说慰问团一切费用都已自己带来，不想消耗政府和民众的招待费用，各种应酬也宜合并取消，希望政府及社会原谅。

39. 嘉陵宾馆大堂　夜　内

陈嘉庚、庄西言、侯西反、李铁民一行走进嘉陵宾馆，只见里面果然如苏仲伦介绍的那样超级豪华，水晶吊灯炫目多彩，摆放的都是红木家具，大堂中间还有水池假山。

吴铁城、朱家骅（字幕：国民党中央组织部部长）已在大堂迎候，双方寒暄一番。

陈嘉庚故意问道：如此豪华的宾馆，听说乃是孔祥熙院长所建？

朱家骅迟疑了一下：是的，是的。

吴铁城赶忙接过话来：陈先生，请进，请进。

40. 嘉陵宾馆小宴会厅　夜　内

宴会厅金碧辉煌，餐桌上已经摆满山珍海味、美味佳肴，银制餐具灼灼闪光，身穿制服的男女侍者来往穿梭上菜、斟酒。

吴铁城举起酒杯：诸位，陈老先生是华侨领袖、抗战功臣，今晚吴某不胜荣幸和朱部长一起，代表蒋委员长为陈老先生接风洗尘，请大家干杯！

众人起身干杯，陈嘉庚浅饮一口。

陈嘉庚致答词：感谢两位部长的盛情。嘉庚这次回国，除向军政各界致以敬慰，亦想实地考察国内抗战情况，带回南洋，以增进千万侨众爱国捐款，因此给各位增添麻烦，再表衷心感谢。惟当此国家艰难时期，政府如此盛宴招待，内心深感不安。嘉庚已请报纸发表声明，希望今后一切宴会应酬从简，也是响应蒋委员长新生活运动号召，请大家原谅。

朱家骅见缝插针接过话来：素闻先生高风亮节，今日果然不假，令人佩服，令人佩服！我倒希望陈先生能加入国民党，我们欢迎陈先生来共同领导国民党，好不好？

有人随声附和说“好，好”，七嘴八舌议论起来。

陈嘉庚沉默不语，心中有些不悦。

在一旁察言观色的戴季陶（字幕：中央考试院院长）出来打圆场说：依我看来，一个人只要能热心为国家社会服务，入党不入党其实都一样的。

陈嘉庚：戴院长说得有道理。我只是早年加入过孙中山先生的同盟会，此后一直无党无派。而况华侨居住在海外，政权属于他人，加入了政党反倒不好活动。

有人点头称是，朱家骅不再说话。

41. 嘉陵宾馆舞厅　夜　内

饭后，主人把客人领到宾馆舞厅门口。

但见舞厅中灯光昏暗，一对对男女随着靡靡之音正翩翩起舞。

旗袍下扭动的臀部。卖力吹着萨克斯的乐手。烈焰红唇中吐出的烟圈。碎屑式铺洒在地上的暧昧灯光。木地板上移动的锃亮的皮鞋……

陈嘉庚感到头晕目眩，他对吴铁城说：嘉庚向来不喜跳舞，我就先走一步了。

陈嘉庚等人拱手与各位陪同的军政要人告辞。

42. 重庆街头　夜　外 / 内

重庆街头，苏仲伦开车在陪陈嘉庚兜风。

车子开进闹市区。车窗外，灯火明亮，一派歌舞升平、纸醉金迷的景象。茶楼酒馆林立，乞丐妓女遍街，交通混乱，道路堵塞。车行缓慢时，有一群小乞丐伸着手跟着小汽车跑。

汽车转入一条小街，只见道路不平，街灯昏暗，破旧的草房、摇摇欲坠的吊脚楼，行人破衣烂衫，街道肮脏不堪。

苏仲伦从后视镜中看到车后座陈嘉庚脸上的表情：紧闭嘴唇，一脸严肃。

43. 重庆教育部　日　外

陈嘉庚走进教育部大门。

教育部部长办公室，陈嘉庚拜访教育部部长陈立夫，双方正在讲一件事。

陈立夫（字幕：教育部部长）：有一件事我要告诉你，福建省提出将厦门大学改名为福建大学，政府已基本同意，这样一来，厦大在战后要迁往福州。

陈嘉庚据理力争：厦门大学乃厦门侨胞所建，无故改名迁址，无异于杀鸡取卵，难免使华侨产生疑问心理，影响筹赈和侨汇收入。

44. 重庆大学礼堂　日　外 / 内

陈嘉庚和一些学者走进大礼堂大门。

重庆大学礼堂内，“中国经济学社”年会在这里召开。

马寅初正在台上演讲。

马寅初（字幕：中国经济学社社长）：……现国家不幸遭强敌侵略，危险万状。而保管外汇之人，尚逃走外汇，不顾大局，贪得无厌，获利七千万元，将留为子孙买棺材！

马寅初讲到此时，声泪俱下、几近哽咽。他又重复一遍：将留为子孙买棺材！

台下爆发出一阵掌声。

陈嘉庚在台下深受感染，周季梅（字幕：四川平民银行行长）对陈嘉庚附耳说：这种话，除了马寅初谁也不敢说。

45. 一组短镜头

A. 戴笠（字幕：军统局局长）有点兴高采烈：一个好消息，湖北钟祥、宜昌前线大捷，日军大败，死伤三四万人！

B. 何应钦（字幕：总参谋长）无可奈何地摊开双手：宜昌早已失陷，敌寇武器优良、甚为猖獗。

C. 白崇禧（字幕：副总参谋长）有点神秘兮兮地：告诉你一件重要事，近来国共摩擦严重，大有剑拔弩张之势，共党颇为不是……

D. 于右任（字幕：监察院院长）深为忧虑地说：我国自来私情积弊甚深……难免有不如意事……

E. 范长江（字幕：中国青年记者学会发起人，著名记者）义愤地说：现在报业不能发展，就是因为政府对新闻钳制太严了！

46. 重庆励志楼　日　外 / 内

一声“蒋委员长到”的喊叫把陈嘉庚从沉思中震醒。

镜头拉开，原来陈嘉庚、庄西言、侯西反、李铁民正在陈布雷、吴铁城等一伙中央大员的陪同下，在重庆励志楼三楼等候蒋介石接见。

听到“蒋委员长到”一声喊，陈布雷、吴铁城等立即全体肃立，毕恭毕敬，连大气也不敢出。

陈嘉庚站起身来从窗口望下去，天井里两排卫兵身材魁梧，神情严肃，门口的传令兵在振喉高喊。

蒋介石、宋美龄姗姗而入。

蒋介石、宋美龄走进三楼会客室，侍卫兵为蒋介石卸去身上的大氅。

蒋介石走上前来同陈嘉庚握手，微笑着说：陈先生，一路辛苦了。

陈嘉庚：南侨总会给委员长带来一件由新加坡雕塑家制作的纪念品……

蒋介石（客气地）：不必送东西，你老人家本人来了，比什么都宝贵。

蒋介石把陈嘉庚让到主宾的位置：请坐。

蒋介石示意大家就座，众人徐徐坐下，但仍诚惶诚恐，正襟收视。

蒋介石待陈嘉庚坐下，自己才坐下，说：陈先生，你对重庆有何印象？

陈嘉庚：论政治我是门外汉，论工业还没有时间参观工厂。只觉得重庆的汽车和人力车不够整洁，有碍观瞻，影响卫生。

蒋介石从上衣口袋里掏出一个小本子，把陈嘉庚的意见记上。

陈嘉庚接着说：重庆茶楼酒店林立，与抗战气氛似有不合。

蒋介石转向陈布雷，以命令的口吻说：发一个规定，严禁公务员应酬，惩治开筵席的茶楼酒店的老板。

陈布雷（字幕：总统府秘书）马上记在本子上，说：是。

蒋介石虚怀若谷地望着陈嘉庚道：陈先生还有什么好的

建议？

陈嘉庚：英国政府在欧战之后，限制华侨汇款回国，捐款也在此例，因此而被减少的款额在千万元以上，希望政府能与英国方面交涉，以避免华侨汇款进一步减少。

蒋介石对陈布雷说：你马上给宋子文打电话，叫他发电报到伦敦，让中国大使与英政府交涉。

陈布雷又记在本上，一边说：是。

蒋介石：很好。先生多走一走，多看一看，多提好的建议。

陈嘉庚：我想尽量多去些地方。

蒋介石马上问：陈先生都想到什么地方去呀？

陈嘉庚：我还要去兰州和西安。

蒋介石紧盯着陈嘉庚的眼睛问：还有其他地方要去吗？

陈嘉庚坦白相告：延安如有车可通，我也想去。

蒋介石突然神色变了：共产党没有民族思想，不顾国家大义，从来是口是心非，背义无信。

陈嘉庚：我代表华侨回国慰问考察，职责所在，凡是交通无阻碍的地方都应该亲自去看一看，以搞清事实，回南洋好向侨胞报告。

蒋介石：陈先生要去看看当然可以，但小心别受共产党欺骗呀。

47. 小汽车　夜　内

苏仲伦仍然开着车陪陈嘉庚在街上兜风，侯西反、李铁民也坐在车上。

苏仲伦：陈伯伯今天见到蒋委员长，印象如何？

陈嘉庚：他威严得像个皇帝。

侯西反：他不希望我们去延安，怕我们上当受骗。

陈嘉庚：他把我当三岁小孩了。

48. 嘉陵招待所　日　内

陈嘉庚在他的住房里等待客人。窗外下起了蒙蒙细雨，淅淅沥沥的雨点打在玻璃窗上。

李铁民推门进来：陈主席，客人来了。

李铁民身后跟着三个人，身穿八路军粗布灰军装，肩膀上衣服被雨水打湿成深灰色。

叶剑英：我是叶剑英，他俩是林伯渠、董必武（三人分别出字幕介绍）。

陈嘉庚走到门口把三人请进房里。

49. 嘉陵招待所　日　内

在陈嘉庚住房的小型会客室里，各人已经在沙发上坐定。陈嘉庚第一次接触共产党人，难免有点陌生感，但看到三个客人衣着朴实、面容可亲，很快就侃侃而谈起来，话题集中在国内党派关系上。

陈嘉庚：海外华侨同国内政党毫无关系，在当前党派争执中也不会偏向任何一方。我们希望国内各政治组织协调团结，一致对外，这是争取抗战胜利必不可少的。

叶剑英：我们共产党完全同意陈老先生的意见，但不知道中央政府有没有团结的诚意。

陈嘉庚：国共两党名义虽不一样，而为国家民族奋斗的心是一样的，可以说是兄弟党、姐妹党。我和你们也一样，赚了一点钱都拿出来办学，也是为了国家好……

陈嘉庚同叶剑英等共产党人推心置腹地交谈着，可以看出这位老人希望国内政党团结起来一致对外的一片拳拳之心……

（老年陈金娣的旁白）“校主”把国共两党看作是“兄弟党”“姐妹党”，他在两边充当“团结”的说客，希望外敌当前兄弟不要再打架。他决心要去延安看看事情真相，说服共产党服从中央政府的领导。但是，就在他取道西安去延安的前一天，又发生一件令他不愉快的事情……

50. 西安市某招待所　日　内

陈嘉庚早已穿戴好西服领带，在住房里焦急地等候。

（老年陈金娣的旁白继续）那一天，慰问团约好下午三点到第十八集团军办事处，与朱德总司令见面。可是一直等到三点半，省政府接待科的汽车还没有到……

李铁民匆匆忙忙闯进门来：陈主席，汽车没有了，到处打电话找接待科寿科长，人也失踪不见了。

陈嘉庚：那我们赶快上街自己找车走吧！

李铁民：招待所出不去了。

陈嘉庚：为什么？

李铁民：他们说今天下午西安市里有学生闹事，为保证慰问团安全，不让我们外出。

陈嘉庚走到窗前，看到楼前果然有若干“招待员”在走动，招待所门口也增加了警察。

陈嘉庚：事情很清楚，这些人就是不愿意让我们同十八集团军办事处来往。

李铁民：我还得到一个消息，吴铁城已经跟陕西省蒋主席打了招呼，要他注意监视您同共产党的来往。

陈嘉庚气愤地说：国家内乱，就是这些卑鄙小人挑起！我在南洋经营橡胶园，最忌的就是恶草和白蚁，它们会把橡胶树缠死、蛀死。我看抗战要胜利，必先除掉这些恶草和白蚁！

51. 赴延安途中　日　外

大小三辆汽车在崎岖山路上盘旋前行，天空阴霾密布。

52. 车内　日　内/外

陈嘉庚和李铁民坐在一辆小汽车里，陈嘉庚似在闭目养神，李铁民望着车窗外，掠过陕北高原一片荒凉的景象。

陈嘉庚脑海里似乎又浮现出在重庆见到过的一个个达官贵人的音容笑貌……

陈嘉庚若有所思地睁开眼，忧心忡忡地对李铁民说：你看重庆那些大官，身居要职，但都假公济私，贪污舞弊，生活奢华。可叹的是这些人还都是四五十岁，至少还要尸位二三十年，中国的救星不知在哪里？国家前途深可忧虑呀……

汽车前方传来一片喧哗，一群民众渐渐清晰起来。

53. 洛川　日　外

洛川城外，三辆汽车停在“洛川”界碑前。有上百名民众排列在道路两侧，排在前面的多是穿黑旧衣服、赤足的农民，后面站着衣着像公务员和其他各界的人士，他们手上挥舞着小旗，叫喊着，欢迎车队的到来。

陈嘉庚、侯西反、李铁民三人正要下车向欢迎队伍致意，突然上来几个人，分别向陈嘉庚等三人递交一叠文书。

陈嘉庚翻看手中的文书，都是《控诉共产党不法罪行》之类。

李铁民等人也看着这些文书，不知该如何处置。

陈嘉庚果断地将手中文书撕毁，掷于路旁。李铁民、侯西反二人也将文书撕碎扔掉。

三人重又登车穿过人群而去。

54. 车内　日　内

陈嘉庚和李铁民正在议论刚才这一出“洛川民众投书”事件。

陈嘉庚：这些东西一定不能带进延安，否则陡增国共双方意见。

李铁民：我们既不是政府又不是法官，向我们控诉有什么用，完全是演戏！

55. 途中　日　外

天空开始转晴，高原在阳光下显得鲜活生动起来。

几个放羊的小孩好奇地看着车队。

山坡上的老汉唱着西北“花儿”：

绕过这疙梁梁，
拐下了（那个）弯（哎），
这达达没人（呀），
咱拉呀话话。
马驹驹（那个）撒（啦）欢（哎），
羊羔羔（那个）跳（哎），
哪达达也不如咱（那个）山沟沟好（哎）……

激越高昂的歌声，吸引了陈嘉庚，他不禁拉开车窗出神地听着。

车队绕过山梁，向延安城驶去。

56. 延安城南门　日　外

字幕：1940年5月31日，延安城南门。

还未抵达延安城南门，便听见人声鼎沸。一见车队到来锣鼓声便响了起来，来自各单位、学校、商店的干部、学生、职工、八路军战士、民众自卫队和市民群众数千人，举着横幅、旗帜，扭着秧歌，在城南公路上夹道欢迎。

57. 延安城南门　日　外

陈嘉庚下车，陕甘宁边区政府副主席高自立及王明、吴玉章（三人分别出字幕）等领导迎上前来，同陈嘉庚等一一握手。

南门外体育场上搭起了临时的欢迎台，各界群众整齐地排队站在台前，站在队伍正中的是留延华侨青年，他们穿着八路军的灰军装，打着“欢迎陈嘉庚先生来延安考察！归国华侨留延办事处”的横幅。

陈嘉庚、侯西反、李铁民和高自立等领导坐在主席台上。

陈嘉庚在群众掌声中发表讲话。

陈嘉庚：西北是中华民族的发源地，是我们的老家，来到延安倍感大家都是同胞兄弟，有如一家人一般的亲切……

58. 车内　日　内 / 外

陈嘉庚坐在车内，观看车窗外延安的街道，墙上“坚持团结，坚持抗日”“建设民主政权”“实现男女平等”之类的标语，山坡上一排排整齐有序的窑洞，都使他感到新奇。

一路上不断有干部、市民朝陈嘉庚挥手致意，陈嘉庚感到心情开朗起来。

59. 延安招待所　日　外 / 内

陈嘉庚走进延安招待所。这是一个比较宽敞的窑洞，前面有独立的小院。

陈嘉庚第一次住窑洞，他仔细地观察这里的一切：门、窗，简单陈设的木床、木椅、小木桌，屋中央加设的一个大火炉炭火正红，上面咕咕地烧着热水。他走近窗户发现上面没有玻璃，只是糊着一层薄纸，纸上贴着窗花。他好奇地用手指沾点唾沫去点窗纸，居然点出一个小窟窿，一缕阳光照射进来，院子里的人正在忙碌着搬运行李。

陈嘉庚兀自微笑起来，他喜欢这里的简朴。

60. 延安招待所窑洞　日　外 / 内

第二天，一群叽叽喳喳的青年男女早早地来到陈嘉庚的窑洞前。

陈嘉庚一开门，陈金娣调皮地用手势指挥大家异口同声地用闽南话大声喊：校主，您好！

陈嘉庚吓了一跳，定睛一看才认出陈金娣，顿时喜出望外。

陈金娣高兴地：校主啊，今天来的都是南洋归国华侨青年，听说您到延安来了，特意来看望。

陈嘉庚高兴地把大家引进窑洞，床上、地下坐的、站的挤了一屋。

陈嘉庚用闽南话问陈金娣：金娣啊，你现在在延安做什么事？

陈金娣：来了一年多了，在延安女子大学当文化教员。

陈嘉庚抬起头问大家：你们觉得延安好吗？

大家七嘴八舌：是啊……好啊……当然啦……

陈嘉庚：怎么个好法呢？

这些年轻人又是七嘴八舌地嚷嚷成一片，有人说“延安好，延安是抗日的地方”，有人说“延安治安好，没有失业游民，没有盗贼乞丐”，有人说“延安县长是民选的”，有人说“延安实行男女平等，恋爱自由，婚姻自主”……

陈嘉庚说：大家不要抢，一个一个讲。

陈嘉庚和延安的南洋归国华侨用闽南话谈笑起来……

（老年陈金娣的旁白）在延安，我又见到了“校主”……那天，我们尽兴地交谈，我向“校主”汇报在延安看到的一切，“校主”也告诉我苏仲伦在重庆的苦闷，我真希望他也到延安来看看，我还想和他再辩论一番……

61. 延安中国女子大学门口　日　外

陈金娣陪同陈嘉庚等参观延安中国女子大学。

朱德、康克清等已等候在校门口。

陈嘉庚一眼便认出了朱德，上前紧紧握住朱德的双手。

陈嘉庚：朱总司令，你好！

朱德：欢迎你啊，陈老先生！

陈嘉庚首先对西安之事表示道歉：那天在西安承蒙总司令盛情邀请，慰问团因故未能赴约，实在失礼，万望原谅。

朱德挥手一笑说：这件事同慰问团毫不相干，陈老先生千万不要介意！我知道有些人不愿意我们见面，非要恶意阻挠，否则慰问团是一定不会失约的。

陈嘉庚怕因自己造成他人不和，坚持说：那天确实是有些临时情况，并非有人恶意，请不要误会，以免增多意见。

康克清在一旁插话：陈老先生尽可放心，他朱德的肚子可是撑得开船的。

朱德和陈嘉庚呵呵笑着相让走进女子大学。

62. 延安中国女子大学　日　外 / 内

陈嘉庚等人在朱德、康克清、延安女子大学负责人的陪同下参观女子大学。

女子大学建在山沟里，教室、宿舍也是一个个窑洞，因为天好，可以看到有学生在露天上课。

陈嘉庚等人走进了学校附设的一个缝纫车间，一批女学生正在缝制被服、军装。

延安女子大学负责人介绍说：学生到女子大学念书，住宿学费全免，每月还有一元零用钱，学生课余参加缝纫、制鞋和养猪、种菜等生产劳动，所得收入都用来改善伙食……

陈嘉庚：延安在抗战时期，条件那么艰苦，还不忘抓紧国民教育，实在很难得。教育与参加生产相结合，这个做法也很好，值得我在南洋和厦门办的学校学习。

朱德：陈老先生是我们教育界的老前辈了，你一生倾资办学，更值得我们共产党人好好学习。

延安女子大学负责人：陈先生当年表示“宁可企业收盘，学校不能停办”的事情，还有“卖掉大厦，办好厦大”的故事，在延安教育界都广为流传，您是我们办好教育的楷模。

陈嘉庚：这些都是过去的事了。教育是立国之本，等抗战胜利了，我还是要去办学校。

大家边说边来到另一个窑洞教室前。

63. 抗日军政大学第四分校操场　日　外

朱德陪同陈嘉庚参观延安抗日军政大学第四分校，两人走到操场上一条石凳旁，坐下歇息。

陈嘉庚小心地提出问题：嘉庚有一问题要向总司令请教。刚才听军校校长介绍，军校正在积极扩军。海外华侨希望看到国内国共两党坚持团结抗日，贵党如此扩大军备，两党之间的摩擦是否将愈加剧烈呢？

朱德回答：陈先生的问题问得好。我们扩军主要是在敌占区后方，国民党军队节节后撤，八路军要正面面对强大日军，部队伤亡很大，如不抓紧扩军，终将面临灭亡。讲到武器军饷，西安事变后，中央政府有条约规定每年按量供给八路军子弹和军饷，而实际上全面抗战以来，国民党政府没有给过我们一颗子弹、一支步枪，也从来没有按条约付过军饷！陈先生如果不信，见到蒋委员长时可以亲口问他。

64. 军政大学篮球场　日　外

陈嘉庚、朱德走到篮球场边，忽然听到里面人声鼎沸，原来是军校的学员正在进行篮球赛，场外围着许多人在观看，鼓掌声、喝彩声响成一片。

只见简易的黄土球场上，两队小伙子有的光膀子有的穿背心，正在紧张地传球、上篮，龙争虎斗，互不相让，每有一个进篮，叫“好”声就响成一片。

场上有位小伙子看到了朱德，扬手就喊：朱总司令，来一场！周围的观众们齐喝一声：好！喊声雷动。

只见朱德二话不说，脱去外衣，露出粗壮的胳膊，跑上场去。匆促间，陈嘉庚接过朱德的军装。

朱德在场上左冲右突，众小伙也毫不相让。朱德跑步上篮，投中一球。朱德中距长投，“刷”又中一球！全场掌声一片。有一伙女生啦啦队在大声喊叫：总司令，再来一个！总司令，再来一个！

陈嘉庚抱着朱德的军装看得发愣，被这种官兵平等融洽的场面所感染。

65. 毛泽东居住的窑洞　日　外

毛泽东在窑洞前空场上赶着一头小毛驴推磨。

陈嘉庚在朱德的陪同下下车走向毛泽东。

朱德把陈嘉庚领到毛泽东跟前，只见毛泽东蓄着长发、围条布裙，陈嘉庚一下子不敢认。倒是毛泽东拍拍身上尘土，满面笑容地迎上前来与陈嘉庚握手，说：欢迎你，嘉庚先生。

陈嘉庚：毛主席好。

毛泽东：一路辛苦了，有失远迎呀。邻居老大娘听说我有远客，让我帮看着驴拉磨，她要磨点面，给咱们包饺子。

66. 毛泽东居住的窑洞　日　内

陈嘉庚走进窑洞，只见屋内摆设的只有一张陈旧的写字木桌，另有十几张大小高矮不一的木椅和板凳，墙上挂着一幅很旧的大地图。

陈嘉庚四下望着，眼里闪着泪光说：毛主席，你太辛苦了。

毛泽东：陈先生这么大年纪，为了抗战日夜奔波，你才是辛苦啊。

朱德：嘉庚先生这趟来得可不容易啊。

毛泽东：是啊，我听说有人想要阻挠，陈先生还是来了。

陈嘉庚：百闻不如一见，能到延安来亲眼看看，我感到非常高兴。

毛泽东请陈嘉庚坐下，从抽屉里拿出一盒英国香烟向陈嘉庚敬烟。

陈嘉庚摆摆手说：谢谢，我不会抽烟。

毛泽东自己点燃一颗，风趣地说：这可是好烟啊，以我每个月的薪水抽不起这样的烟，这盒烟是美国人司徒雷登送的。

陈嘉庚转入正题：南洋侨胞委托我向祖国的抗敌将士慰问，请毛主席把我们华侨的心意，转达给八路军、新四军全体将士和各边区的民众。

毛泽东：感谢南洋华侨的慰问，请嘉庚先生回南洋后转告海外的侨胞们，中国共产党领导的八路军、新四军，决不辜负侨胞们的殷切期望，一定奋力杀敌，争取最后胜利早日到来。

陈嘉庚：好，我一定转达。海外华侨全都盼望胜利早日到来，好共同努力把国家建设好。

这时警卫员进来请毛泽东在一份文件上签字批示。毛泽东舍不得把手中半截烟丢掉，灭了火把烟头搁在烟灰缸上，仔细审阅了文件，做好了批示，复又把烟头点上接着抽起来。

毛泽东接着说：陈先生刚才说得很对。我们共产党人，多年来一直为中国的革命而奋斗，现在又为最后打败日寇而奋战，目的就是为了把中国建成一个繁荣富强的新社会和新国家呀。

陈嘉庚接着话题开门见山地说：我对国共两党最大的希望，一是要坚决抗战，把日寇赶出中国去；二是要国共合作，兄弟间的一切摩擦，等打败了日本后再解决。

毛泽东表示：嘉庚先生说得对，为了抗日救国，我们共产党一定会从抗日大局出发，决不搞摩擦，请嘉庚先生放心！

67. 毛泽东居住的窑洞前　暮色　外

毛泽东请陈嘉庚走到窑洞外共进晚餐。陈昌奉（字幕：毛泽东原警卫员）将一个大圆桌面放到石方桌上，并铺了几张白纸当桌布，菜还没端上来，突然刮来一阵风，把纸吹跑了。

大家笑了，围着桌子坐下。

饭菜十分简单，主食除了白米饭，加了一盘饺子，菜肴是洋芋、豆腐等陕北农家菜，还有青菜和水萝卜，最后端上一碗黄焖鸡放在陈嘉庚跟前。

毛泽东笑呵呵地说：陈先生请多多包涵，我薪俸有限，没有钱买菜，这只鸡也是邻居老大娘特意送给我来待客的。母鸡正下蛋呢。

陈嘉庚很感动，说：延安很艰苦，不要为我多花钱。我一生对饮食没有什么高的要求，只要卫生、适口就行。

毛泽东为陈嘉庚夹菜，说：先生是海内外闻名的工商实业家，倾资办学几十年，现在已年过六旬，还领导海外侨胞共赴国难。真令我们共产党人肃然起敬啊。

陈嘉庚：你们共产党人，辛辛苦苦，流血牺牲，是为改造社会，使国家民族好。我是个资本家，办了不少工厂、公司，赚的钱取诸社会，用诸社会，也是希望社会好，我们的心都是一样的。

毛泽东忽然说：陈先生，有件事我要当面向你赔礼道歉啊。

陈嘉庚惊讶：赔礼道歉？什么事？

毛泽东：八年前红军攻打漳州的时候，为紧急筹集经费，砸了你开设在那里的店铺，搬走了你店里的胶鞋和毛垫认抵捐款。还有人趁火打劫，使你店里的货品散失殆尽。

朱德：部队攻下漳州后，发现这个店铺仓库里有大量胶鞋。当时红军条件十分艰苦，战士们都穿着草鞋，甚至打赤脚行军打仗……

一起吃饭的陈昌奉当时是毛泽东的警卫员，这时也忍不住插话说：毛主席的脚就因为没有胶鞋，经常在泥水里泡着。我看见有那么多胶鞋，心里高兴极了，就抱回来二十双，专门给主席留了一双。

陈嘉庚听到这乐呵呵地笑了，问：穿我们生产的胶鞋好不好啊？

陈昌奉连连点头：好。

朱德笑道：陈老先生公司生产的钟标胶鞋可是名牌货，那时我们还舍不得穿呢。

陈嘉庚：你就拿一双给毛主席？你应该拿两双就好了。

大家欢快地笑起来。

68. 一组陈嘉庚参观、考察延安的镜头（每一个镜头结尾都随着按动照相机快门的“咔嚓”一声成为一张黑白照片）

A. 陈嘉庚和侯西反徒步游览延安城。宝塔山下，延水河边，边区自卫队员手持红缨枪在阳光下操练，步伐整齐，口号嘹亮。陈嘉庚和正在一边休息的自卫队员合影留念。

B. 陈嘉庚走进延安的商业街“新市场”，一条小街两侧开着几十家小店铺，大多是出售土特产品的，有的经营日用品，还有一家照相馆。店铺大多很简陋，但店内货物摆放整齐，店主的穿着也比较整洁。陈嘉庚走进一家店铺和几个老人认真地聊起来。

C. 陈嘉庚登上宝塔山，全城景物一览无余。闪亮的延河似一条银带绕城蜿蜒而去，不禁令人心旷神怡。

D. 陈嘉庚到延安医院探望在那里住院的秘书李铁民，顺便参观了延安的医疗环境，并同延安中央医院院长、福建老乡傅连暲高兴地交谈。

E. 陈嘉庚在一间挂着“延安华侨联合会”横标的窑洞里和华侨男女青年座谈。

F. 陈嘉庚在朱德、康克清的陪同下参观安塞铁工厂。

（老年陈金娣的旁白）“校主”的秘书李铁民先生坐车时碰破脑袋，在延安住院治疗，“校主”于是在延安多留了几天。这好像是天意，“校主”因此对延安留下更深刻的印象，我也有机会创作了一批珍贵的摄影作品。

69. 延安中央大礼堂　夜　内

主席台上方挂着横幅“热烈欢送陈嘉庚先生”，延安各界一千多人在这里举行盛大的欢送晚会。

所有座位都是钉在木桩上的长木板，陈嘉庚坐在第一排，挨着毛泽东。陈嘉庚注意到，晚会开始后，有一个迟到的年轻战士找不到空座位，就从毛泽东所坐的长凳的空隙塞身进去，毛泽东朝他一笑，向一边移移身子，让小战士更舒服些……

晚会正在举行，朱德走上台致欢送词……

朱德在掌声中讲话：……陈嘉庚先生希望国人要团结，我敢说，我们过去已经为团结尽了最大的努力，现在更要求全国团结，将来也一定能够做到坚强的团结。我们希望陈老先生把我们的意思传达给海外的千万侨胞……

伤愈以后的李铁民上台朗诵他的诗作《告别延安》：

亲爱的延安兄弟姐妹们，再见！
一曲骊歌，诉不完我心中的留恋！
我留恋那四周起伏的山岗，
留恋那一望无际的田野，
还有那锦带般的延河，
窑洞式的医院……

啊，延安的兄弟姐妹们，
愿你们坚持团结，坚持抗战，
争取中华民族的自由解放，
南洋华侨一定会和你们打成一片……

陈嘉庚激动地站起身来，和全体观众一起为李铁民朗诵的这首诗鼓掌。

70. 延安城边 日 外

古城外，延河边，芳草萋萋。

一排车队驶来，毛泽东与陈嘉庚在这里下车，握手话别。

毛泽东对陈嘉庚说：嘉庚先生，我要委托你老人家办两件事：一是请转告蒋委员长，中共对国民党绝无恶意，衷心期望两党一致对外，早日争取抗战胜利；二是希望嘉庚先生把延安的事实真相告诉海外侨胞。

陈嘉庚诚恳地承诺：这两件事，我一定会做到。

71. 车内 日 内/外

车窗外，毛泽东、朱德在向陈嘉庚挥手，陈金娣和送行的其他群众也在向他挥手，他们渐渐在陈嘉庚的视线中消失。

陈嘉庚的眼眶有点湿润。

72. 重庆大学礼堂 夜 外

天上下着大雨，许多听众打着雨伞涌进重庆大学留法比瑞同学会礼堂。

礼堂门口醒目处贴着一张海报：

讲题：西北之观感

主讲人：陈嘉庚

时间：7月24日晚上7点

地点：留法比瑞同学会礼堂

主办：国民外交协会

有两个人边看海报边用上海话议论着。

甲：喔唷，陈——嘉——庚，听说伊是南洋一带的大老板，勿得了！

乙：听说伊到“迪面”去了，去听听伊哪能讲法。

73. 大礼堂　夜　内

陈嘉庚正在演讲，全场座无虚席，一些中外记者站立着，有人在台下跑来跑去照相。

陈嘉庚：……我在重庆时，常听说陕北延安等处人民如何苦惨，生活如何穷困，稍有资产者都被剥榨净尽，活埋生命极无人道，人伦不讲，种种不堪入耳之言。及至延安两三天，才明白这些传言都失实……

74. 大礼堂一侧　夜　内

大礼堂一侧，苏仲伦正在紧张地速记。

（陈嘉庚讲话的画外音）……那里田园、屋宅、财产，仍为民众私业，未有变更；一条街道百多家商贩店行，概系私人所有，政府绝不干预。我问共产政治何在？答已实行三民主义。至于灭人伦，则绝无其事……

75. 大礼堂 夜 内

大礼堂内鸦雀无声，全场听众屏息凝神静听。大礼堂外电闪雷鸣，下起瓢泼大雨。风声、雨声、雷声、演讲声，交响在一起。

陈嘉庚（背影）：……至于长衣马褂、旗袍、高跟鞋及唇红口丹、女子缠足，绝迹不见。又据说无失业、无盗贼、无乞丐。县长则为民选。官兵一致，艰苦奋斗。公务员贪污五十元者革职，五百元者枪毙……

大礼堂深处，有一穿白西服的人悄悄溜走，但没人注意他。

76. 重庆闹市街头 日 外

报童沿街叫卖《新华日报》，行人纷纷购买。

《新华日报》头版醒目标题：《陈嘉庚先生西北归来纵谈团结抗日》。配有陈嘉庚演讲大幅照片。

（陈嘉庚讲话的画外音在继续）……兄弟个人完全没有党派关系，侨胞们也大多没有党派，我们是以国民的立场，认为应该举国一致、加强团结，这关系到中华民族的存亡，各党派的领袖应该负起这个责任……

画面外响起了热烈的经久不息的掌声。

77. 茶馆 日 外

在山城的一家茶馆里，茶客们在大摆龙门阵。尽管墙上贴着“莫谈国事”，一伙老茶客依然围着那一张《新华日报》，有人逐字朗读，有人击节叹赏。

（陈嘉庚讲话的画外音在继续）……我在没到西北之前，心中无限忧虑，及至延安后，已宽慰开怀多多矣……

78. 中央日报社　日　内

在《中央日报》社的一间办公室，苏仲伦正与其顶头上司（一个穿白西服的人）争辩，双方面红耳赤，已经僵持一段时间了。

白西服：总而言之，你这篇关于陈嘉庚讲演的报道必须撤稿，不许发表！

苏仲伦：消息已经轰动重庆，《新华日报》早有报道，《中央日报》为什么还要讳莫如深？

白西服：老弟你太幼稚了，难道我们还能拿这样的问题去问老头子吗？

苏仲伦：那只能请你们把我一起撤掉，另请高明吧！

79. 嘉陵招待所　日　内

嘉陵招待所的一间会客厅，华侨慰问团各路人马会合在一起，陈嘉庚和大家在交流此行的观感。

陈嘉庚：我未到延安时，对中国前途甚为悲观，以为中国的救星尚未出世，或还在学校读书。其实此人已经47岁了，而且已做了很多大事了。此人现在延安，他就是毛主席。

80. 嘉陵招待所　日　外

在嘉陵招待所外一片小树林里，陈嘉庚与侯西反发生了一场争论。

侯西反推心置腹地说：你我是数十年的老朋友了，我只是希望陈先生以华侨领袖的身份，不要去为共产党推波助澜。

对这位国民党老朋友，陈嘉庚的回答有点不给面子：你可以回复你那些党人朋友，我说的都是事实，也是你亲眼所见的。你们说我替共产党说话，那么贵党也应该实行良好政治，与共产党竞争。这样就抗战必胜，建国必成。

侯西反有点哑口无言。

陈嘉庚继续说道：我是凭着良心和人格说话的。今后无论在何处，如要我演讲回国见闻，我也决不能昧着良心，指鹿为马。

81. 重庆黄山别墅　日　内

蒋介石在黄山别墅再次召见陈嘉庚，气氛有点严肃。

蒋介石采取迂回的方法发问：先生在山西见到阎锡山将军了吗？

陈嘉庚：是的。

蒋介石：阎将军说什么了？

陈嘉庚：他提到陕晋豫交界处严重缺雨，不过在我离开时旱情已有缓解。

蒋介石追问：他还说别的事了吗？

陈嘉庚直言相告：他还说国共之间的摩擦，“调停”并非根本解决办法。如要根本解决，国民党政治须实行改善，否则，虽无共产党反对，他党亦能起而反对。

蒋介石忍住没有发火，进一步探问：你在延安也见到毛泽东、朱德了？

陈嘉庚依然实话实说：是的。毛泽东临别还委托我给委员长捎话，说中共对国民党决非恶意……

蒋介石粗暴地打断陈嘉庚，突然大发雷霆、破口大骂：共产党一向口是心非、无信无义、无国家观念、无民族意识，他们想要抗日失败！

蒋介石越说越激烈：抗战要胜利，必须先消灭共产党！此种事外国已多经验，凡国内有反对党必先消除，对外才能胜利！

见蒋介石面红气盛，陈嘉庚不想再说什么，只是平静地回答：嘉庚的意思，当此国家艰危之秋，必当东联孙权，北拒曹兵，待抗战胜利之后，共产党如有违命，再行解决未晚。

蒋介石话中有话：但我决不能允许为共产党扩大宣传。

面对蒋介石的“敲山震虎”，陈嘉庚直言相告：华侨的心理只是希望国内团结抗战，若不幸内战发生，华侨必大失所望，爱国热情必将大减，外汇捐款亦必缩减。

82. 黄山别墅　日　外

蒋介石送陈嘉庚到下山路口。此时他已满脸笑容可掬。

蒋介石故作诚挚地表明心迹：刚才这些话我从未和别人说过，今天和你是第一次谈起。

陈嘉庚：委员长放心，这些话我不会随便对人讲。

蒋介石关心地把自己的手杖递给陈嘉庚：陈先生没有带“司的克”来，把我的拿去用吧，下山一路走好！

陈嘉庚接过手杖表示感谢，拱手告辞。

83. 重庆机场候机厅　日　内

陈嘉庚要乘机离开重庆去往昆明，吴铁城代表蒋介石到机场送行。

吴铁城：蒋委员长特意委托鄙人给陈先生送行，祝陈先生一路顺风。

陈嘉庚：谢谢。

吴铁城：顺便说一下，委员长听说你们要去西南各省继续考察慰问，十分关心，特意委派王泉笙先生前去陪同陈先生，一路招呼。王先生稍隔两天便可到达昆明。

陈嘉庚面露不悦之色，当面说穿：我明白，一定是有人在蒋委员长面前进言，怕我沿途说中共的好话，所以要派人来监视我。请吴部长转告蒋委员长，嘉庚无党无派，自抗战以来，未与共产党通一字，也未供给其一文钱，此可以对天日而无愧。委员长决不可听信谗言，草木皆兵，为渊驱鱼，为丛驱雀，令广大华侨寒心。

吴铁城有点措手不及：蒋委员长绝无此意，陈先生千万不要误会。

84. 飞机上　日　内

陈嘉庚等人已经坐在飞机上，飞机即将起飞。

苏仲伦身背照相机，走到陈嘉庚身边。这次华侨慰问团去昆明，他作为《中央日报》记者将随行。苏仲伦俯身同陈嘉庚低声说话。

苏仲伦：据我所知，吴铁城已经给西南各省发了密电，说您被亲共分子包围，要对您严加监视，陈伯伯此行务必格外小心。

陈嘉庚无语。

苏仲伦：我已经向《中央日报》正式递交辞呈，也想找机会去延安。

陈嘉庚露出一点微笑说：陈金娣也在想你。

机窗外可见吴部长仍在远处挥手。

85. 在舒缓的音乐中，叠印一组黑白旧照片（均加字幕）

陈嘉庚沿途考察滇缅公路。

滇缅公路“24 拐”全景。

陈嘉庚在下关机工营房参加欢迎会。

陈嘉庚在抗日前线与战士席地而坐共进午餐。

陈嘉庚在西南联大演讲《西北之观感与华侨之近况》。

陈嘉庚在西南运输处欢迎会上发表讲话……

（老年陈金娣的旁白）“校主”千里西南行，苏仲伦为他留下一组珍贵的照片。“校主”最关心的是 3200 名南洋机工在滇缅公路的生活、工作和待遇，他为他们回国参加抗战的壮举感到骄傲，他也为改善他们面临的恶劣环境而四处奔走……但是，“校主”没有想到，此时有一个阴谋正在进行……

86. 新加坡机场　日　外

一架飞机降落在新加坡机场，国民党海外部部长吴铁城随着人群走下舷梯，周围有些随员前呼后拥。

87. 汽车内　日　外

一辆汽车驰过新加坡街道，车窗外可见熙攘的人流、商店。车内，吴铁城的前后坐着高凌百、王泉笙。

吴铁城：我这次是作为蒋委员长的代表来的。陈嘉庚已经倒向共产党，中央政府要总领事馆向新加坡当局正式提出，禁止陈嘉庚入境，这事办得怎么样了？

高凌百为难地：这件事早已向他们提出，英国殖民政府一直不予理睬，他们甚至认为这样的要求是荒唐的。

王泉笙进计：最近会召开南洋华侨代表大会，按规定要重新选举主席、副主席……

吴铁城：这个时机你们一定要抓住，不能再让中央失望了。

88. 印尼爪哇丰兴山咖啡店　日　内

王泉笙特意到这里邀请庄西言喝咖啡。

王泉笙：请庄先生不要误会，这是中央吴部长的意见，希望这次另选他人。

庄西言：我认识陈嘉庚已经很多年了，他是个好人，主席当之无愧，我何必另选他人。

王泉笙：可是他已经共产化了。

庄西言：我只知道他正直无私，不管他是否共产化！

89. 新加坡大世界舞厅　日　内

南侨总会第一次代表大会正在这里举行。南侨总会主席陈嘉庚、副主席庄西言和王泉笙等坐在主席台上，高凌百正在台前发言。

高凌百的语调突然激愤起来：……今天兄弟要特别指出，有人自恃华侨领袖，实则口是心非，无诚意拥护中央，无诚意拥护蒋委员长，自称无党无派，实际宣传共产赤化……

会场气氛一下紧张起来，台下寂静无声。

陈嘉庚保持沉默，不动声色。

90. 新加坡大世界舞厅　日　内

第二天，南侨代表大会照常举行。

王泉笙在主席台上不见高凌百的身影，便问陈嘉庚：今日高总领事坐哪里？

陈嘉庚答：今日不请他来。

陈嘉庚随即走到台前说：昨日高凌百的发言各位已亲耳所闻，其侮辱侨众，狂谬谩骂，令人难堪。我本想将之驱下台去，又念他是政府外交官，姑且容忍。今天不再请他来旁听，我还要在此宣布高凌百拥汪、亲德、贪污三项罪恶……

不等陈嘉庚说完，王泉笙迫不及待地走上台前，大声喊叫：你这是侮辱中央政府外交官总领事！

陈嘉庚从容回答：新加坡是一个法制社会，如我言之失实，尽可以诉诸法律。

王泉笙抢过麦克风：今天开会不请总领事是不公的，应该派人去请高凌百来，同意的请举手。

代表中的国民党人纷纷举起手来。

陈嘉庚当机立断，夺回麦克风：王泉笙你并非主席，怎么有权请代表举手表决？刚才的表决无效。

王泉笙：那就请今日大会主席庄西言主持表决。

陈嘉庚：今日开的是华侨代表大会，高凌百既非华侨更非代表，为什么一定要请他来？而况高凌百如此无端侮辱非党侨众，安能复入此会？各位如果赞成，那么有他无我，他来，我走！

只见陈、王二人唇枪舌剑、互不相让，会场气氛白热化，待陈嘉庚说出“他来，我走”后，有人在下面大声喊叫：陈主席不能走！全场对陈嘉庚报以热烈的掌声。

91. 新加坡大世界舞厅　日　内

华侨代表大会仍在继续举行。

大会主席宣布：今日大会进行选举。

陈嘉庚随即走到台前说：各位知道，我已经登报表明态度，不再复任本会总主席，务请各位不要再选本人为好……我自知已获罪中央，情感已亏，而对于国内种种祸害民众之腐败现象，又不能沉默坐观。由于以上种种缘故，若再选我，对内对外均有损无益，因此谨让贤路……

陈嘉庚从主席台上收起文件皮包，走下台来。

92. 大世界舞厅走廊休息厅　日　内

在舞厅一侧走廊休息厅里，陈嘉庚在和一个来自外埠的华侨叙谈，从会场内不时传出高音喇叭里宣布选举结果的声音。

（大会主席的画外音）现在宣布选举投票结果，与会代表一百五十二人，陈嘉庚，得票一百五十一票，再次当选总会主席……

从舞厅侧门拥出一批代表，向陈嘉庚鼓掌、祝贺，陈嘉庚仍然坐在那里，没有兴奋，也并不感到意外。

93. 驻新加坡总领事馆　日　内

在驻新加坡总领事馆的一间办公室里，吴铁城和高凌百在一架老式录音机前监听华侨代表大会的原声录音。

（大会主席的画外音）下面有请庄西言先生宣读《大会宣言》……

（庄西言的画外音）……总会陈主席嘉庚，公忠谋国，一生如一日，其在教育上贡献，古之所无，其以人民地位协助政府抗战，今所仅见，而识足以辨奸，才足以服众，德望足以为楷模，徒因守正不阿，刚毅质直，辄召无根之谤……值此抗战期间，南洋华侨需要陈主席，爱戴陈主席，并用决议致电政府，慰留陈主席……

吴铁城烦躁地把录音机关掉，说：你们把事情办成这样，让我回去怎么向老头子交代！

94. 在舒缓的音乐中，叠印一组黑白旧照片（均加字幕）

太平洋战争爆发，陈嘉庚与马来半岛英军最高指挥官合影。

1942 年 2 月新加坡沦陷，总督府上飘扬着一面白旗。

在日军狂轰滥炸之后，新加坡变为一片废墟。

陈嘉庚曾避难的印尼爪哇玛琅巴兰街 4 号。

陈嘉庚避难爪哇时写的一首述志诗。

陈嘉庚避难爪哇时写的《南侨回忆录》。

1945 年 10 月 21 日，新加坡 500 个社团举行欢迎大会，庆祝陈嘉庚平安归来。

1945 年 11 月 18 日，重庆大学举行“陈嘉庚安全庆祝大会”，郭沫若、黄炎培、邵力子等社会名流的发言照片，毛泽东送的条幅“华侨旗帜，民族光辉”（特写）……

（老年陈金娣的旁白）国民党“倒陈”运动失败后不久，太平洋战争爆发，新加坡沦陷。蒋委员长亲自致电英国总督，要求保证中国领事人员安全回国，但他忘记了他在新加坡还有一个老朋友。这个老朋友曾经为了给他祝寿筹捐十三架飞机，也曾经以几千万元的捐款支持他领导中国抗战。当年的“财神爷”现在有国难归，有家无法回，他匆匆坐上朋友的一条小船逃到印尼爪哇岛避难，随身携带的只是一颗为保全自己的民族气节而备用的剧毒氰化钾。三年半后，日本投降，中国抗战胜利，新加坡和重庆都以空前的热情热烈庆祝“校主”平安归来，毛泽东从延安送来条幅，称他为“华侨旗帜，民族光辉”。蒋委员长应当感到十分遗憾，这位昔日的“拥蒋”派已经成为毛泽东的好朋友。

95. 新加坡广西街　日　外

战后的新加坡广西街一带，处处可见战争留下的痕迹：断墙、残垣、垃圾成堆……

怡和轩矗立在中间，这幢小楼保存完好，一些工人正在重新装修、刷墙，一块断裂的“×× 部队俱乐部”的木牌被丢弃在一边。

一辆卡车驶过，车上有一群青年男女在欢呼，车身上用汉字写着：“胜利啦！”

字幕：1945 年 10 月，陈嘉庚回到新加坡。

96. 怡和轩内一间会议室　日　内

“南侨总会”的一次工作会议正在召开。十多个侨领及工作人员围坐在长方形会议桌四周，陈嘉庚主持会议。

会议开得热烈而有点散漫，人人露出久别重逢之后的兴奋，到会者正在七嘴八舌地发言。

甲：我提议，各地筹赈会首先要组成调查委员会，清算日军的残暴罪行，调查华侨的生命财产损失……

乙：我们应该向政府申请一块适当地点，由侨胞出资建立一座华侨死难纪念碑……

丙：眼下，我们最需要关注的是华侨机工的复员问题，他们中大约有一千多人已经为国捐躯，健在的人也大多生活无着落……

丁：华侨团体的团结也是一个问题呀，那年吴铁城到新加坡来挑拨离间，制造分裂，影响太恶劣了……

戊：教育，教育，要赶快恢复华侨学校，解决华侨子女的教育问题……

有一位较年长的与会者插不上话，只得站起身来：大家静静、静静。当年陈主席领导南洋华侨筹赈国难，搞得轰轰烈烈，现在陈主席回来了，希望他还来带领我们襄助祖国，建设家乡。

陈嘉庚觉得与会者的眼睛都注视着他，不禁也站起身来说：新加坡沦陷三年零八个月，现在是百废待兴。各位提到的事情都很重要，要一件一件去做。刚才讲到襄助祖国建设，我倒有个想法……

陈嘉庚略微一顿，会场鸦雀无声。

陈嘉庚：当年抗战需要金钱，而现在建国则必须先分清是非。我国不幸，抗战时内部尚未统一，重庆延安，俨然对峙。战后必多一个中立派，中央、中共、中立，造成三中。华侨果欲帮助建设，必当分别是非，否则无从谈起。

陈嘉庚的分析令众人点头称是。

97. 怡和轩办公室 日 内

陈嘉庚正在接受菲律宾《华侨导报》记者采访。办公室内架设、堆放着行军床和简单的生活用品，可见陈嘉庚以办公室为家的生活习惯。

记者：中国正在召开政治协商会议，您认为国共两党能合作成功吗？

陈嘉庚：我觉得很难。

记者：陈先生抗日时期到重庆见过蒋介石先生，请问您对他个人印象如何？

陈嘉庚：那年回国慰问，蒋委员长待我不错，其深情厚谊，我会铭记不忘。但这属于私人情谊，至于国家大事，公私应有分界。

记者：海内外许多人士希望通过政治协商会议，蒋介石政府能够“还政于民”，您觉得是否可能？

陈嘉庚苦笑一下，从桌上取了纸笔，写下十六个字送给记者：“还政于民，谋皮于虎。蜀道如天，忧心如捣。”

98. 新加坡一咖啡馆 日 内

咖啡馆内，有七八个华侨商人正聚在一起。小桌上摊着几张当地的中外文报纸，中文粗字标题赫然在目：“中国内战爆发”“中央军两百七十万进攻中共管区”“和平协议终归流产”……

大家议论纷纷，显得忧心忡忡，一筹莫展。有人说“都是炎黄子孙，多灾多难啊”；有人说“刚刚胜利，又要打仗”；

有人说“两党相争，人民遭殃”；有人说“抗战八年，内战难道还要八年”；有人说“至少也要五年”……

陈嘉庚走进咖啡馆，有人忙起身来招呼，并对大家说：诸位，听陈主席怎么说。

陈嘉庚：中国内战终于爆发，老百姓免不了又是一场浩劫。中国有句老话：得道多助，失道寡助。我看不必五年，最多三年，独裁贪污者必倒台，民主派必胜利。

99. 陈嘉庚办公室　夜　内

陈嘉庚走进房间，打开台灯，从皮包里取出一封信件，剪开封口，一张照片从信封里滑落出来——是穿着中国人民解放军军装的陈金娣，英姿飒爽，对着“校主”微笑。

陈嘉庚坐到沙发上展读来信。

（青年陈金娣的画外音）敬爱的校主：您好！从报纸上得知您已平安回到新加坡，我们都感到特别兴奋。但不知道您什么时候能读到我写的这封信……

100. 陈嘉庚的想象

硝烟弥漫的战场，一支队伍正在开赴前线，几个身穿中国人民解放军制服的女兵唱着宣传歌曲，在路边鼓劲、打气，领头的正是陈金娣……

（青年陈金娣的画外音）……我已经穿上军装，走上前线，在炮火纷飞的战场上当一名宣传队员……

101. 陈嘉庚办公室　夜　内

陈嘉庚在读信，脸上露出微笑。

（青年陈金娣的画外音）……苏仲伦来到延安，已有三年，他说他是跟随着您的脚步来到延安的。他现在是一名随军记者，正在东北战场……

102. 陈嘉庚的想象

在陈嘉庚的想象中又出现了穿着军装的苏仲伦，他在一个山洞里发送电报……

（青年陈金娣的画外音）……苏仲伦同我说，如果没有美国的经济援助和武装干涉，蒋介石根本无力发动这场内战。我认为，即使这样，也改变不了反动派灭亡的命运……

103. 陈嘉庚办公室　夜　内 / 外 / 内

陈嘉庚放下陈金娣的来信，陷入沉思。

他走到窗前，北望遥远的天空。

战后的新加坡，一切还在复苏中。城市上空闪烁着点点星火。

远方似乎出现了一片火光，冲杀声、军号声、枪炮声、苦难老百姓的呼喊声，隐约可闻……

陈嘉庚终于下决心回到写字台边，寻找出一叠报纸，上面有中文黑体字标题：“国民党45个师全副美军装备”“美国将为国民党训练军事人员15万名”……报上还刊登着美国军舰占驻上海港口的照片和说明……

陈嘉庚写下一行字："美国总统杜鲁门……"

104. 新加坡邮电局　日　外 / 内

陈嘉庚走进邮电局拍发电报。

（陈嘉庚电文的画外音）贵国传统政策，对各国人民公允友好……今乃一反其道，竟多方援助贪污独裁之蒋政府，以助长中国内战。长此以往，中国将视美国为日本第二。此于中美两国人民之感情，大有损害……

105. 新加坡《民主》周刊社　日　外 / 内

陈嘉庚走进周刊社，把电文稿交给主编。

（陈嘉庚电文的画外音）……本人代表南洋一千万华侨，特向贵国呼吁，请顾全国际信誉，勿误信武力可灭公理，奸谋可欺上帝，迅速改变对外政策，撤回驻华海陆空军……

106. 新加坡的一个广场　日　外

广场上一场露天的群众集会刚刚结束，主席台上还挂着"拥护陈嘉庚""反对美军驻华签名运动"一类标语，参加集会的华侨团体、民众正纷纷散去。

一名美国女记者在广场旁的一个露天茶座即兴采访陈嘉庚，两人用英语问答。

记者：陈先生，您的电报经路透社、合众社发出，已经震动全世界，在南洋各国华侨社会也掀起轩然大波，形成“拥陈”和“反陈”两大派，这是您想达到的效果吗？

陈嘉庚：不是。我只是希望美国政府停止其不智之举。

记者：有人说你是“擅用主席名义”，你承认吗？

陈嘉庚：我就是南侨总会主席，何来“擅用”一说？大家选我当主席，责任在身，不能当木头人，顶名不做事，只能凭正义做事，以保人格。

记者：陈先生是认为美国现任领导人缺乏智慧吗？

陈嘉庚：是的。要知道，中国不是殖民地，美国不应该在中国驻军。而且，中共的游击队不可胜数，绝对不易消灭。

107. 历史资料

中国人民解放军部队漫山遍野而来。

百万雄师过大江。

南京总统府青天白日旗飘然落地。

108. 新加坡怡和轩办公室　日　内

陈嘉庚端坐在办公桌前读报。秘书拿着一份电报稿兴奋地进来。

秘书：陈主席，毛主席从北京给您发来电报。

陈嘉庚：念。

秘书（念电报）：嘉庚先生，中国人民解放斗争，日益接近全国胜利。召开新的政治协商会议，建立民主联合政府，团结全国人民及海外侨胞力量，完成中国人民的独立解放事业，为此亟待各民主党派及各界领袖共同商讨……

陈嘉庚有点急不可待地拿过电报，自己读起来。

（毛泽东的画外音）……先生南侨硕望，人望所归，谨请命驾北上，参加会议。肃电欢迎，并祈赐复。毛泽东。一月二十日。

109. 大海　日　外

“捷盛号”轮船破浪北上。

陈嘉庚站在甲板上，看海鸥在船侧翻飞。

（陈嘉庚的画外音，回电内容）毛主席钧鉴：革命大功将告成，曷胜兴奋……

110. 历史资料

陈嘉庚在全国政协筹备会上。

陈嘉庚在东北各地考察。

陈嘉庚在全国政协第一届会议大会上发言。

（陈嘉庚的画外音，继续回电内容）……蒙电邀参加新政治协商会议，敢不如命。惟庚于政治为门外汉，国语又不通，冒名尸位，殊非素志，千祈原谅。

111. 历史资料

1949 年 10 月 1 日，北京天安门城楼，开国大典，毛泽东庄严宣布中华人民共和国成立。

礼炮、红旗、人群、欢呼。

陈嘉庚在天安门城楼上与中华人民共和国的开国元勋周恩来、刘少奇、陈云、邓小平、董必武、宋庆龄等站在一起，胸佩鲜花，神情平静。

112. 天安门城楼　日　外

（影片由黑白渐变为彩色）

在天安门城楼一角，毛泽东大步向陈嘉庚走来，两人紧紧握手。

陈嘉庚：毛主席，在延安我答应你的两件事，都做到了。

毛泽东：现在你再答应我一件事，我们一起来建设新中国。

113. 北京　日　外

共和国的第一个金秋，北京到处一派欣欣向荣的景象。

陈金娣、苏仲伦分骑两辆自行车，在北京街上疾驶。

他们驶过天安门广场。

他们驶过王府井大街。

他们驶过北京的小巷、胡同、四合院。

满眼所见是金色的阳光，深秋的红叶，欢笑的老人、妇女和小孩……

他们在一处幽静的二层小楼前停下车来。

（老年陈金娣的旁白）那年，共和国的第一个金秋，在首都北京，“校主”托人带信来，要我们去他那里，说是要向我们表示祝贺。

114. 招待所　日　内

陈金娣、苏仲伦走进陈嘉庚的住房。

陈嘉庚走过来和陈金娣、苏仲伦握手，深情地说：祝贺你们呀！

陈金娣、苏仲伦互相看了一眼，还不明白陈嘉庚的意思。

陈嘉庚接着说：中国得救了！一个强大的新中国已经出现。从此，中国再不受帝国列强欺凌，这个史无前例的大变化发生在你们这一代，现在你们可以抬起头来，你们的子孙后代也可以抬起头来了！

75 岁的“校主”眼中闪烁着激动的泪花。

115. 在舒缓的音乐中，叠印一组黑白旧照片（均加字幕）

陈嘉庚在全国人大一届一次会议上发言。

陈嘉庚参观大连造船厂。

陈嘉庚在新疆与少数民族老人握手。

陈嘉庚视察鹰厦铁路工地。

陈嘉庚在厦门海堤工地与技术人员研究图纸。

陈嘉庚视察集美学校工地建设。

陈嘉庚在厦门大学新楼前和青年学子在一起，开心地笑。

陈嘉庚和家人合影。

陈嘉庚观看龙舟比赛……

（老年陈金娣的旁白）1950年5月，“校主”离开他居住了六十年的新加坡回祖国定居。他被选举担任全国政协副主席、全国人大常委、中华全国归国华侨联合会主席等重要领导职务。但是，他不想在北京做大官，他想回家，他惦记着家乡的父老乡亲，惦记着他的学校。终于，他婉言谢绝了周恩来总理的热情挽留，回到了厦门，回到了集美，回到了厦门大学和集美学校，还来做我们的“校主”。

116. 当代厦门　日　外/内

集美，新落成的陈嘉庚纪念馆。

老年陈金娣将《我心目中的陈嘉庚》摄影集轻轻合上，放到陈嘉庚雕像前。

陈嘉庚雕像似乎活动起来，向我们走来。

117. 字幕

1961年8月12日，陈嘉庚先生在北京逝世，享年88岁。

1990年，国际小行星命名委员会将一颗星星命名为“陈嘉庚星”。

（剧终）

2018年12月8日

说明

一、本剧本主要资料来源和参考书籍包括：

《南侨回忆录》（上、下册，陈嘉庚著，集美陈嘉庚研究会翻印）；

《回忆我的父亲陈嘉庚》（陈国庆著，中央文献出版社，2001年10月版）；

《回忆陈嘉庚文选》（中共厦门市委党史研究室编，中央文献出版社，2001年10月版）；

《陈嘉庚之路》（陈天绶、蔡春龙著，湖北人民出版社，2005年1月版）；

《陈嘉庚——华侨旗帜 民族光辉》（曾昭铎著，中央文献出版社，1999年11月版）；

《陈嘉庚在归来的岁月里》（张其华著，中央文献出版社，2003年7月版）；

《中华英杰华侨领袖陈嘉庚》（王毅林著，中共厦门市委党史研究室等，1996年编印）；

《南侨机工》（华侨博物院编，文物出版社，2005年8月版）；

《昭南时代新加坡沦陷三年零八个月·海外华侨抗日救亡运动》（新加坡国家档案馆）；

《陈嘉庚精神（文献选编）》（黄金陵、王建立主编，福建人民出版社，1996年9月版）。

本人写作中采用了以上书籍提供的历史事实和一些细节描写，在此一并表示感谢！

二、本剧绝大部分事件根据历史事实和陈嘉庚本人回忆录编写。由于剧情需要,个别细节与事实略有出入,如:“购机寿蒋”活动实际在1936年,现移植到1938年“南侨总会”成立之后;1940年5月在西安因国民党阻挠而失朱德之约的是华侨第一慰问团,陈嘉庚本人此时尚未到西安。特此说明。

电影《寻找黑眼珠》

导演：梁明

编剧：李力

微信扫一扫本书首页“中影社”小程序二维码
进入“中影社”小程序扫描此条码观看精彩视频
扫一扫 了解剧本创作背景

微信扫一扫本书首页“中影社”小程序二维码
进入“中影社”小程序扫描此条码观看精彩视频
扫一扫 了解剧本名称的由来

剧本

扫一扫 了解作者构思

正常的眼角膜就像水晶一样透明清澈，又称“黑眼珠”。

序幕

各种眼睛的微观摄影。

1. 手术室　日　外

逆光中，打坐的杨晓云背影。

舒缓的人物音乐。

2. 手术室　日　内

整整齐齐各种手术器具的展示。

3. 手术室　日　外

杨晓云洗手。

4. 手术室　日　内

桌上的计时器被护士按下清零。

眼球大特写。

杨晓云的手指仿佛自有生命，小银刀及针线跳舞。

展示杨晓云的手术美学：速度与美。

墙上的钟。

杨晓云的画外音：眼科医生，要有鹰一样的眼睛，绣花针一般的手。

手术完毕。

护士翻看记录：25 分 20 秒，这次手术只花了 25 分 20 秒，比杨博士之前创造的纪录又快了 3 分半钟。

大家鼓掌。

5. 法庭　日　内

原告：叶科、代理人陈文源

被告：杨晓云、代理人范开进

陈文源：华厦眼科中心业务院长杨晓云因其母亲捐献角膜而声名躁动一时，电视报纸广为宣传，患者均冲着她“眼角膜女神”之名而来，我的当事人叶科即是其中之一，但盛名之下，其实难副，最终，杨晓云不仅耽误了叶科眼睛的治疗，还将叶科母亲逼上绝路。

6.（闪回）眼科诊室走廊　日　内

眼科专家诊室门外满满的人，盼望着门开。

紧闭的门里有歇斯底里的声音传来：一只角膜都没有叫什么眼科中心？

接着是女人的痛哭声：杨博士，救救他，叶科他四代单传啊。你是眼角膜女神啊，你一定有办法的……

7.（闪回）眼科诊室　日　内

叶科妈妈哭着：杨院长您行行好，您看，这是他的摄影专业录取通知书，货真价实全国第七名啊，全深圳才发了一个这样的合格证。您看他的作品。

杨晓云：叶科妈妈，上回我看过了。

女人：您再看看。他拍照可好了。要当张艺谋的……

眼睛上蒙着纱布的男孩阻止他妈妈：妈！

女人转向男孩：我叫你不要听MP3，好好弄文化课，非得听音乐做功课，好了，炸伤了。

女人：杨院长，角膜移植最快要等多久？

助手摇摇头。

8. 法庭　日　内

杨晓云助手：患者叶科第一次来就诊，杨院长对他眼睑皮肤裂伤、眼前段异物门诊进行了清理和手术，但因其角膜混浊，遂建议伤后两周复查，准备进行角膜移植手术。

陈文源：据我的当事人叶科说，门诊时间不到十分钟，只是助手说等着吧，就结束了，不排除医生的仓促导致病人家属的误会。

范开进：我的当事人杨晓云每周二上午接诊30位病人，从早上8点到12点，共4小时，整个上午滴水不沾，以免中途上厕所浪费时间，平均接待每位病人的时间是$4\times60\div30=8$分钟。是的，每位病人只有8分钟左右的时间，一个普通的医生改变不了这个现状。她只希望在8分钟左右的时间内，尽量言简意赅，病人可以在最客观的情况下，得知正确的知识，而非含糊的安慰剂。

陈文源：虽然杨晓云处处作秀，利用丛飞等名人效应、社会效应扩大自己影响，但事实上，华厦眼科中心的角膜库存依然为零。所以，当角膜匮乏之时，她从来不关心生，她只关心死。对死者充满兴趣，对死者的角膜充满兴趣，甚至抑制不住内心的兴奋。她的这种兴趣从深圳第一例角膜捐献者向春梅身上就可以看到……

听到此处，在场旁听的人中有位老人忍不住了。

刘礼珍（77岁，只会讲粤语）气愤地用拐杖敲击地面。

刘礼珍（粤语）：哎，你这个人，摸摸你的良心再说话。杨大夫，大好人哪。如果不是杨大夫，如果不是向春梅，我眼睛现在还看不到，也不会过得这样开心。清官大老爷，杨大夫是我的救命大恩人啦。

9. 刘家　日　外

采访镜头。

刘礼珍女儿小芳：我妈妈是深圳第一个角膜捐献者向春梅角膜的受益者。（对母亲提到）向春梅。

刘礼珍（粤语）：我知，我知。向春梅（边说边抹眼泪）。

（字幕：刘礼珍，生于1938年，于1999年接受向春梅角膜）

小芳：十几年过去了，每次提到向春梅，我妈妈还是很激动，每年6月，她都会去眼科医院看望向老师雕像。虽然我妈妈只会讲粤语，普通话只能听不能讲，但她会用标准的普通话说两个名字。一个是向春梅，另一个就是杨晓云院长。

刘礼珍：杨晓云（普通话）。（以下粤语）仁心仁术，华佗再世呀。

刘礼珍：那段时间，每天，我眼睛不停流泪，红、肿，睁不开眼，看不到东西，下楼有时候也踩空，眼药水和药膏都无用。我不想到医院，我老了，一辈子没有到过医院。我怕眼睛经不起做手术，万一真瞎了就没得救了。老眼昏花老眼昏花，老了眼睛看不清，不舒服，消炎后就能看得到，不要进医院，不要做手术（连连摆手）。

10. 法庭　日　内

小芳：拆去纱布时，我妈第一句话就是，能看见真好，我以后就不瞎了，以后不用你们照顾我了。现在全天下人，她最信得过的人只有杨大夫。第一次做手术前，全家出动才做通她的思想工作，但第二次要做另一只眼睛手术时，杨医生只说了一句，要做，不然会看不到了。我妈立马就答应手术。

刘礼珍：我已经活了77年，换角膜后如今又青天白日地看见了十几年，我活够了，你要告就告我，你不要诬告杨大夫，也不要羞辱向春梅这个名字。

杨晓云的神思缥缈。

11.（闪回）某院某病房　夜　内

向春梅的眼睛特写。

向春梅慢慢在捐赠卡上一笔一画地签下：向 春 梅。

她呼出一口气。

向春梅丈夫：她这下放心了。

向春梅伸出大拇指，杨晓云心领神会地与之拇指相对，做了一个约定的记号。

杨晓云将向春梅瘦小的手小心地握在手里。

12. 法庭　日　内

杨晓云的手，将左手包在右手心。

13.（闪回）医院病房　日　内

向春梅的黑白新闻片（仿纪录片）：那么多的建筑，那么多的鲜花，这一切的一切对盲人来说是一个未知数，如果他们能幸运地得到我的角膜，他们一定会异常高兴的，会高兴得飞起来……

14.（闪回）光明树　日　外

百年大榕树，光明树。

向春梅丈夫抱着向春梅的骨灰盒，下葬在古老的大榕树下。

撒满花瓣。

向春梅丈夫、杨晓云、得到角膜的刘礼珍、张芳等人为“光明树”石碑揭幕。

范开进的画外音：向春梅的一双眼角膜照亮了三个人的人生，光明在延续，光明树由此而来。

15.（闪回）火车站　日　外

向春梅丈夫盯着张芳左眼看。

火车站人来人往，深圳——湖北的车就要开了。

向春梅丈夫：春梅还活着。

16. 法庭　日　内

张芳（湖北话）：当时，向老师老公说的话我会记得一辈子，他说，春梅还活着。

17.（闪回）病房走廊　夜　内

向春梅丈夫赶出来，将一束百合花给杨晓云：杨医生，这些花你拿去送给这医院的其他病人，看有没有愿意捐赠角膜的。这是春梅的意思。她说留下一枝就好。

杨晓云接过花，深吸一口气，点头。

长长的黑暗的走廊，仿佛就只有向春梅丈夫头上那一点光。

全景里，小小的杨晓云身影向前走着，渐渐的，前方也有了微光。

张芳的画外音：在即将抵达终点时，人心善恶纤毫毕现。如果说，向春梅的捐赠行为称得上义举……

18. 法庭　日　内

张芳（湖北话）：那么杨晓云则应该称为菩萨心肠。我就是这个转赠鲜花的受益者。

陈文源：是，杨晓云一直在劝导他人捐献眼角膜，但收获甚微，虽有名人向春梅、丛飞以及自己的母亲捐角膜在前，但杯水车薪，眼角膜依然稀缺，杨晓云和其他眼科医生一样，基本沦为摆设。叶科眼睛受伤后，知晓陶兰爱子心切，所以杨晓云言语诱导，致使陶兰产生自杀救子想法。

19.（闪回）住院部医生办公室　日　内

杨晓云与病人。

叶科妈妈闯了进来：杨院长，我给我儿子捐角膜。

杨晓云为难地摇摇头：叶妈妈，不行。活体角膜捐献有规定限制。

叶妈妈：为什么，电视里不都这样演的吗？有人肝脏坏了，他家亲戚给他捐一个。我有两只角膜，我给儿子捐一个。我愿意。

杨晓云：已失明、萎缩、可能导致交感性眼炎，进而威胁健康的视功能等情况下可以捐献，而正常眼不在眼角膜捐献之列。

叶妈妈：这是什么意思，我听不明白。

助手：活人的话，如果眼睛坏了但角膜是好的，可以捐。如果正常人，好眼睛，不行。这里面有法律的原因，比较复杂。

叶妈妈：这是什么破规定，活人就不行，非要死人的？太不讲理了。

20.（闪回）救护车内　夜　内

医生、叶科、叶科母亲。

叶科扑在他妈妈身上。

21.（闪回）眼科病房　夜　内

杨晓云拿起捐赠卡。

捐赠卡上，叶科妈妈指明将角膜其一捐给儿子叶科。

22. 法庭　日　内

范开进：陶兰是伟大的母亲，更是愚昧的母亲，她选择救子的方式极端、冲动且无知。一整瓶安眠药也许会给她带来永远的安息，却并不会给儿子带来光明。如果她死去，那么她也是白白死去。

杨晓云：她的角膜因做过激光手术失去了移植的可能。盲目的牺牲毫无意义。这是最令人痛心的事。

陈文源：听听看，一个母亲的死去并不让她痛心，一个角膜的浪费却让她痛心疾首。她的关注点从不在人，而在角膜。与其称她为光明使者，不如称她为死神代言人更为合适。

23. 纪录片：103 路公交车　日　内

廖红梅：不不不，她当然不是死神代言人，她是观音菩萨再生。

（当事人身份介绍字幕：廖红梅，四川人，2008 年获得

杨晓云母亲的角膜）

廖红梅：当时我就在这车上当售票员，杨医生告诉我，我这个叫角膜变性，给我做了角膜移植。谁料想，那么珍贵的新角膜竟然与我眼睛有排斥反应，角膜自己融解了。那是我最灰暗的一段时光，刚刚看到希望，又陷入绝望，我想装个义眼算了。但杨博士还是不放弃，又联系到角膜，她真是眼角膜女神。

24. 法庭 日 内

陈文源：女神，不如说角膜狂人，或者说，眼科疾病狂人更合适。见到高精尖手术就眼睛放光，并讲究所谓的手术速度，每次手术都会有专人记录时间。那些新闻记者遇到危难时，是先救助还是先拍摄的两难问题，在眼科博士杨晓云这里都不是问题，自然是专业至上。为获得社会影响，连自己母亲的角膜也不放过。

25. 法庭 日 内

范开进：大家熟知杨晓云，可能从她母亲捐角膜开始，我也因此结识她。杨晓云亲手把母亲的眼角膜移植给别的患者，看起来是做了一个“残酷”的抉择。事实上，捐角膜是她母亲自己提出来的。

杨晓云：我母亲临终前愿意捐献出自己的角膜。作为她的儿女，我们仅仅是完成了她的遗愿。当然，如果我不是眼科大夫，不从事着眼角膜移植工作，也许她不会提出这个要求。我知道她老人家想支持她的女儿。她是一名医生，她总是说，医生就该治病救人。

26.（闪回）医院　夜　内

杨母：医生就该治病救人。那时候，我是厂医，上千人的纺织厂夜里总有一个两个生病来敲门的，我常常背起药箱就走，晓云爸爸还在乡下教书，家里只有一个盼着天亮的因哮喘呼吸困难的小女孩。现在想起来就很内疚。

27.（闪回）家　夜　内

年轻的杨妈妈开门，然后回身抓起小药箱，背上，关上门就走。

28.（闪回）医院　夜　内

杨母：现在我也是病人啦，我感觉自己坐着云霄飞车，到了最高点，晓得自己就要自由落体般下坠，只能眼睁睁地任由它发生。

杨母：其实我怕得要死，我怕死怕得要死。

杨晓云强忍眼泪。

杨母：但我装作没事，装呀装啊，就几乎没事了。现在，我的真实感觉啊，就是，顺从。就好像在长江里游泳，拼命拨划、想逆流而上，好困难，现在终于决定就平躺在水面，随着江水漂流，随波逐流……

杨母：人啊，就像杯子里的冰，时间到了，自然就化作水。顺从吧。

29.（闪回）手术室走廊 日 内

窗外的大雨。

杨晓云静坐在窗前，打坐。

30.（闪回）医院手术室 晨 内

手术室的黑板上：主刀：杨晓云、麻醉：……

手术室里，器械、药物已准备好。

杨妈妈静静地躺在病床上。

31.（闪回）手术室 晨 外

杨晓云清洗自己的双手。

32.（闪回）手术室 晨 内

身穿手术服，双手支棱着的杨晓云站在母亲的遗体旁边。

沉默，双眼和鼻子都因强忍悲痛而通红。

手术室里的时间，一分一秒地过去。

一旁的医生、护士看到这位向来镇定的医生在极力控制情绪，她的眼睛和鼻子越来越红了，而她本人则一动不动，迟迟不能开始下一步。

时间一分一秒地过去。

窗外下着雨，玻璃上映出杨晓云的影子。

33. 闪回

她看见，妈妈背着白色小药箱出门，回身跟她挥手。

她看见，妈妈说，人啊，就像杯子里的冰，时间到了，自然就化作水。顺从吧。

她看见，妈妈说，用我的角膜多做几个移植。

34.（闪回）手术室　晨　内

玻璃窗，影子。

同事小袁走上前去接过手术刀。

35.（闪回）手术室　日　内

晶莹剔透的角膜。

身穿手术服的杨晓云举着角膜看。

杨晓云用手术刀将廖红梅眼球上的病变角膜小心翼翼地剥除，然后从保存液中取出母亲的角膜，将它切成合适的植片，轻轻覆盖在廖红梅的眼球上，再用丝线将角膜与眼球缝合。

当杨晓云走下手术台时，廖红梅已能看到模糊的影像。

廖红梅高兴地大叫：我看到了，看到了！

杨晓云站定，慢慢转身，久久地看着这个28岁的姑娘，注视她的眼睛。

杨晓云的画外音：那一刻，我强烈地感觉到母亲在看着我，看着我用她的角膜给患者带去光明，实现她的遗愿。我用一种特殊的方式与母亲团圆了。

36. 纪录片：某办公室 日 内

廖红梅：对，第二次就是杨博士母亲的眼角膜，九年了没有排异反应，眼睛好了，可以看书了，考上了公务员。如果我不说，你肯定不知道在我的右眼里，有那么多故事。我的世界和杨博士有重合的地方。

37. 法庭 日 内

杨晓云：我和母亲感情很好，当时我实在无法下手去摘取她的眼球。我心情一直不能稳定下来，我害怕一旦不慎破坏了角膜，完不成母亲的遗愿。

不过我还是坚持亲手将母亲的眼角膜移植给患者。如果别的医生来做这个手术，也许我不会有这么深的感触。

38. 街道、工厂 日 外

获得杨晓云母亲眼角膜的四川 29 岁的打工妹曹某、广东 37 岁的外来工邓某和 49 岁的江西居民彭某等接受采访的画面。

39. 法庭 日 内

杨晓云：我一直牢记我母亲的遗言：用我的角膜多做几个移植。多做几个。几个算多？我算来算去，最终她老人家的一对角膜让八个人重见光明。

是的，现在我们眼科中心眼角膜库存依然为零，来一个用一个，不，来一个用两个、用三个，我用我母亲的一对角膜做了八台手术。这就是我们的现状。

世界上很多国家都在提倡角膜捐献，澳大利亚的一则公益广告是这样的，“请大家注意，在澳大利亚，仅仅有三分之一的人愿意在身后捐献角膜”。这个“仅仅”让我们非常汗颜，中国的角膜捐献率是百万分之零点三，是全世界捐献角膜最低的国家。

因为没有角膜，有大夫犯法，有母亲自杀。因为没有角膜，无数个本来有希望看见世界的人还在黑暗中挣扎。这些悲剧的产生，本源问题是角膜的匮乏。什么是爱，缺乏就是爱，争取就是爱。

杨晓云说的时候，穿插着一张张陈文源汇集的网页，在画面中飞奔而来。

网络文章：

这是一场“孝子”与“孝女”的战争

揭开“眼角膜女神”的真面目……

杨晓云：从第一个捐献者向春梅开始，我从认识她到与之告别，这是短短的一天，也是永恒的一天。只有一天。有一部小说，叫作《漫长的告别》，我与它正相反，那些愿意捐献角膜的伟大的人，我与他们的相见，见面即永别。在捐赠者面前，我即死神。而对另一些人来说，我又意味着新生。很多个夜晚，我也夜不能寐，这生与死时间上的紧密，这明显的轮回体验，对死者来说它残酷，对我来说也太残酷。后来我想通了，我并不是死神，因为我不出现，他们也即将走向终点，我只是去送他们一程，借来他们的光，传递给下一个人。

有人称我光明使者，我充其量算是一个借光者。

向春梅、我母亲、丛飞他们这些无私捐赠角膜的人才是光明使者，他们让千千万万失明的病人受益。从此，黑夜不再永恒，光明将触手可及，世界将变得五彩缤纷。

40. 法庭　日　内

叶科一直心情激动，他被杨晓云打动，当庭撤诉。

他与陈文源低头商量。

陈文源举手发言：我的当事人叶科表示，母亲人死不能复生，不愿再多争执，愿意当庭撤诉。我相信，一个医生终其一生也不会忘记因自己误诊而死去的病人，叶科母亲虽不为误诊所害，但也与此相关，我会时刻保持我的关注点，继续在网上发表我的观点和立场。

法官宣布和解。

杨晓云：我还有几句话要讲。来之前我刚刚接到了一枚来自斯里兰卡的角膜，过程很曲折。在我上庭之前，我们医院经过排查与研究，无论结局如何，都将这枚角膜用于叶科眼睛。和解不和解，我们都会这样做。

41. 公园　黄昏　外

一个帅帅的男孩滑滑板，许多高难度动作。

杨晓云也在一边笨拙地学，摔了一跤。

小镭：妈，要不这项运动您放弃得了。老胳膊老腿摔坏了我可负不了责。

杨晓云：那不行。第一，你一个大男人，还有几天就18岁了，成年了，为什么不能对女人负责？第二，你会什么，我也要会什么，我们要保持共振。

小镭：您老人家太倔了，思想共振那么重要？

杨晓云一本正经地：不不不，不那么重要，是最重要。

杨晓云：另外，还有一个最最重要的，我……

小镭：并不老！

42. 手术室　日　内

叶科的眼睛纱布摘掉。

他的一滴眼泪落下来。

43. 韶关丹霞山　日　外

蓝天下，是美丽的韶关丹霞山。

远远的，双目失明的5岁的珠珠在爬山。

44. 中学教室　日　内

地理老师给同学们讲课。

老师：作为广东唯一的世界自然遗产，丹霞山一直如深藏闺中。丹霞山是世界“丹霞地貌”命名地。由 680 多座顶平、身陡、麓缓的红色沙砾岩石构成，“色如渥丹，灿若明霞”，以赤壁丹崖为特色。据地质学家研究表明：在世界已发现 1200 多处丹霞地貌中，丹霞山是发育最典型、类型最齐全、造型最丰富、景色最优美的丹霞地貌集中分布区。

酷酷的小镭在同学当中。

45. 韶关丹霞山　日　外

红色质感的丹霞山全貌。

一个稚嫩的客家话画外音：红豆生南国，春来发几枝。愿君多采撷，此物最相思。

坐在巨峰前的珠珠摸索着红豆（客家话）：红豆豆，他们都说你是红的，我真想知道红色是什么样的。

镜头急速后退，大全景里小小的女孩人影还在喃喃自语。

46. 中学教室　日　内

下课铃声响起，老师不理，继续讲课。

老师：在距今 1.4 亿年至 7000 万年间，丹霞山区是一个大型内陆盆地，受喜马拉雅造山运动影响，四周山地强烈隆起，盆地内接受大量碎屑沉积，形成了巨厚的红色地层；距今 600 万年以来，盆地又发生多次间歇上升，平均大约每万年上升 1 米，同时流水下切侵蚀，丹霞红层被切割成一片红色山群，也就是现在的丹霞山区。

第一排的罗小镭第一个站起，然后无力地摔倒在地。紧接着第二个、第三个……全班同学都倒在地上。

老师错愕的脸。

还没等反应过来，地上的同学们刷地站起来，开始拍手：遵守纪律，不许拖堂，不许拖堂。

一分钟后，全体消失。只余讲台上呆呆的地理老师。

47. 眼科医院　日　外

一阵锣鼓声，华厦眼科中心的晓云眼库挂牌。

杨晓云一身光鲜，将红绒布摘下，露出晓云眼库四个大字。

远处，有记者在热烈地报道：今天，晓云眼库挂牌，这是全国第一个以个人命名的眼库，虽然现在眼库角膜库存依然为零，但我们……

陈文源：杨博士，请问角膜储存为零的眼库设立的意义在哪里？

杨晓云无奈地一笑。

陈文源：杨博士，我劝你还是加入我发起的深圳器官捐赠委员会，咱们一笑泯恩仇，强强联手，做大做强。

48. （闪回）办公室　日　内

陈文源：我们强强联手，做大做强，深圳器官捐赠委员会一定很有影响力，你是感动中国候选人，我是网络知名人士，我们联手做好事，事半功倍。

杨晓云：好事是好事，但民政局没有批，它就不合法。

陈文源：你看，这是红十字会的批文，红十字会承认的。我一不要国家出钱，二不要市政府出钱，我自己解决资金问题，捐赠者购买的保险费用来维持委员会的运转，这是大好事啊，而且红十字会已经批准了呀。

杨晓云摇头：民政局不批，那就是非法的。老陈，这事我帮不了你。

49. 眼科医院　日　外

杨晓云依然对陈文源摇头。

陈文源：你从来就是对我摇头，什么时候你对我点头，我们算是和解了。

50. 排练场　夜　内

李贝贝美丽的舞蹈。

冰与火之歌。

51. 室外游泳池　深夜　外

一个身姿曼妙的女孩立在高台上，光洁的腿，脚趾显示她稍稍犹豫，之后轻盈地飞下，水花四溅。

她浮出水面，获得一点零星掌声。

水池里的女孩徐菜拍着手：动作还算优美，不过，你还是输了。

李贝贝：我说跳就跳啊。

徐菜：别装了，跳是跳了，但穿得像奶奶一样，等于没跳。

李贝贝指着自己：你奶奶蛮时尚么，你奶奶穿 hello kitty 啊。

徐菜知道自己被占了便宜，手拨水花洒向贝贝：占便宜啊，你还想不想让我陪你练舞了？

52. 大学宿舍卫生间　夜　内

花洒里喷出水，21 岁的李贝贝一边洗澡一边唱歌。

53. 宿舍　夜　内

音准不是特别好的歌声里，一个同学在学英语，另一个戴着耳机在看舞蹈电影。

徐菜抬头看钟，已经指向夜里两点。

徐菜大喊一声：贝贝别唱了，隔壁捶墙了。

果然卫生间里面不唱了。

门打开，裹着粉红 hello kitty 大浴巾的李贝贝走出。

她的手停留在胸部附近，眼泪在眼眶里打转。

徐菜：不会吧，粉红猫今天这么脆弱，捶墙又不是第一次。

54. 厦门舞蹈学院校医院，外科　日　内

一只手在雪白的肌肤上按压。

女医生的画外音：是的，有硬结块，疼吗？

戴着粉红 hello kitty 发带的李贝贝摇头。

女医生：去合同医院看看吧，要做进一步检查。我给你开转院单。今天就去。

李贝贝：啊。

55. 厦门肿瘤医院　日　外

背着 hello kitty 包包的李贝贝走出。

56. 厦门肿瘤医院　日　内

李贝贝在乳腺外科、B 超室、钼钯室穿梭的身影。

57. 乳腺外科　日　内

一摞检查单。

医生罗素：尽快住院。

李贝贝：住院？可是医生，我还要考研呢？

罗素：考研重要还是命重要？

58. 图书馆楼梯　夜　外

图书馆楼道墙上挂着美丽的舞蹈家照片。

徐菜声音：没那么严重，你平时不疼不痒的，不会的。

李贝贝呜呜的哭声：医生说疼就好了，疼可能就是良性的。

两个考研女生坐在楼梯台阶上。

徐菜：医生都先往坏了说，一旦好的情况出现就是惊喜。你听他的，别活了就。

李贝贝：我不想身体支离破碎，我要跳舞。我要完整。我还没有男朋友。

徐菜指着墙上的某个舞蹈家：哎哎哎，那不是你男朋友么？

外国舞蹈家神秘地笑着。

徐菜：再说了，政治题白背了，我们的身体没有一日是完整的，新陈代谢每时每刻，此时的你早已不是两秒前的你。

李贝贝：我不想活了。我要完整地死。

江天原走出来问：怎么啦？

徐菜站起来推自己的男友：没事没事，有人要维护她的领土完整。我们学习太累了，哭会儿就好了。你走你走。

楼梯台阶上，两个女孩小小的身影。

徐菜：要男朋友？我把江天原让给你？

李贝贝推了她一把：走你的。

59. 眼科治疗室诊室　日　内

灯。

显微镜下，一只眼睛在接受杨博士的复查。79岁的缘如老僧人。

黑暗里，啪的一声，灯拧亮。

杨晓云对老僧人说：缘如师父，右眼没问题。白内障手术很成功，但是，左眼……现在没有角膜。我们的眼库，哎，师父，您知道的。

老僧人爽朗一笑，指指范开进：我知道，开进说过了，是出空城计！空城计好啊，有了城就有兵。

范开进一笑。

老僧人：我一个眼睛够用了，百丈禅师说的灵光独耀，临济禅师说的历历孤明，都是一片灵光单独照耀。哈哈哈，当然，他们说的不是这个（指指自己看不见的左眼）。我有右眼就很满意了，能读报了。

范开进点头，递过报纸。

老僧人接过报纸，一字一句地读出大标题：让我看一眼丹霞山的红色。

杨晓云与范开进相视一笑。

老僧人继续读：本报接到一封来自韶关丹霞山牛鼻村的光明求助信。一个患白内障双目失明的5岁小女孩许过这样的愿望：如果人的一生只能实现一个愿望，只希望能看一眼丹霞山上最美的红豆树……

杨晓云拿起报纸，上面的新闻写的是：

红色是什么样子的？

这个5岁的小女孩，茫然地抚弄着她的头发，这个世界无论有多美的景色，对她来说都只是黑暗两字而已。

60. 丹霞山　日　外

报纸叠化红豆前的珠珠身影。

珠珠拼命地拍手，啪啪啪，啪啪啪。

61. 眼科诊室 日 内

范开进指着报纸：杨博士，这就是我想说的事，我们香港招商局想联合眼科中心，做一次高原光明行。

杨晓云：范律师，您知道的，光明行可以，但不能挂名。

范开进：老规矩，做好事不留名。

老僧人赞许地点头：阿弥陀佛，阿弥陀佛，光明有二种，一者色光，二者智慧光。看见色光还不够，还要有智慧光。这是光明的两层含义。

62. 肿瘤医院某病房 夜 内

杨晓云手捧鲜花来到一间病房，犹豫了半天，终于走进。

慢慢走向一位病床上的老人，老人已经无法说话。

杨晓云对床边的年轻人说：来看看您父亲。

年轻的邓先生显然很悲痛：谢谢。接过花插在桌上的花瓶中，对杨晓云说，您坐。

杨晓云忐忑不安地坐下来。

邓先生：请问您是？

杨晓云：我是眼科中心的大夫。小心翼翼地向邓先生出示证件。

邓先生有些诧异，心想看个病人还拿证件。

杨晓云坐了半天，想想，又无法开口。她一紧张就两手不停地搓动。

邓先生有点厌烦：您……

杨晓云只好鼓足勇气，从书包里掏出一张捐赠卡放到桌上，问：到时候老人能不能捐角膜？

邓先生看着杨晓云：捐角膜是什么意思？

杨晓云：就是老人去世后，把角膜取下来，移植给需要角膜的人。

这时，走进病房听见此话的邓先生母亲一下子扑向杨晓云，撕扯着她的衣服吼着：你是什么人？你为什么要咒他死？

邓先生拉开母亲，推搡着杨晓云出病房：要捐找你爸爸妈妈捐。要不看你是个女的，我……（他挥挥拳头）你给我滚远点。

一束花被扔出来。

63. 楼梯　日　内

杨晓云坐在楼梯上，很沮丧。

有人在喊：博士姐，博士姐。

杨晓云回头，一个穿护工衣服的人。名叫高果果。

高果果：博士姐，你的花。

杨晓云：你认识我？

高果果：我在电视里见过你，大好人，有学问，眼角膜女神。

本来愁眉苦脸的杨晓云笑起来。

64. 病房　日　内

高果果：邓大哥，我跟你说，这是眼科医院杨博士，我在电视里见过她的，她是大善人呀。万一邓大叔他老人家，呸呸呸，我是说，要是我知道这角膜还能留下给人，我怎么也要我娘留下点什么看世界啊，我也好有个念想。

杨晓云从口袋里掏出一张卡片：邓先生，我妈去世时捐了角膜的，我也一样，这是我的捐赠卡。

高果果掏出献血证：邓大哥，你看你看，我也有证，我献过血了，O型。万能的。

邓先生看了看，不置可否。

65. 杨晓云家，卫生间　夜　内

卫生间镜子，一只手在拔白发。

恍惚中，杨晓云看见丈夫罗素拖着巨大行李的背影。

纸上的文字：我们需要一段距离来重新思考一下婚姻。

啪的关门声。

66. 闪回

杨晓云被推出来，关门（响亮的关门声）。

眼库大门沉重而缓缓关闭，门上巨大、鲜红的“角膜库存为零”的大字。

母亲背着小药箱，关门而去。

罗素拖着大行李箱，关门而去。

67. 杨晓云家，卫生间　夜　内

突然响起敲门声，杨晓云回过神来。

门外已经响起了歌声：

太阳下山明天依旧爬上来……

她擦擦眼睛，拢拢头发，开门。

小镭挤进来，唱道：

花儿谢了明天还是一样的开，
美丽小鸟一去无踪影，
我的青春小鸟一样不回来……

小镭手拿一个新滑板：Happy birthday 晓云同学。

小镭又递过来一个小盒子：买一赠一（一个小镊子）。

小镭：以后再玩拔白发的游戏，可以用它了。

说时迟那时快，小镭已经用手中的小镊子拔掉杨晓云的一根白发。

小镭：稳准狠吧，人与动物最大的区别，就是，使用工具。

杨晓云：听说，某人在课堂又犯错误了？

小镭：班主任又偷偷批评你了？

杨晓云点头。

小镭：别怕她，我没错，她老拖堂。

杨晓云：拖堂是不对，但你们的快闪方式也欠考虑吧。

小镭：没有惊世骇俗的方式，不会引起重视。你教我的。

杨晓云作势打他：我还没有学好滑板，你老人家又快闪了，我怎么跟得上嘛！

小镭：加油哦。

68. 舞台　日　内

李贝贝与徐菜跳舞。

美丽的身体语言，完美的身体。

（画外音）李贝贝大哭：罗医生，我不要切除，我不要切除。我还要跳舞。

医生罗素：肿瘤直径有3.2厘米，数据在保乳手术的边缘，但考虑你对身体完整性要求那么强烈，医院还是决定进行保乳手术。

69. 病房　夜　内

静悄悄的病房，黑夜里剃光头发的李贝贝睁大双眼。

所有人都睡着了，包括床边小凳子上的徐菜。

她手边的小软帽，粉红的hello kitty帽子。

李贝贝拿起来，盖在脸上。

一片漆黑。

漆黑中，徐菜睁开眼睛。

70. 太平间　夜　内

镜头从太平间的门走进去，主观运动镜头。

手术工具伸向平躺的男性尸体的眼睛。

双手将眼球装进保温桶。

拎着保温桶离开太平间的背影。

71. 眼科手术室　夜　内

灯光很亮。

缘如老僧人睁开左眼，连声念。

陈文源尖利的叫声从门外传来：角膜女神偷窃尸体眼角膜，快看快看。

杨晓云拎着保温桶夺门而出。

72. 街道　日　外

杨晓云在街道上跑。怎么也跑不动，但还是努力在跑。

背后有声音传来。

杨晓云回头。

只见陈文源带领大队人跟着跑步，并拍手：偷窃角膜，偷窃角膜。

再回头，全体消失得无影无踪。

杨晓云站在空荡荡的街上四顾茫然。

公共电话亭的电话响个不停。

73. 书房　夜　内

在电话铃声中，杨晓云醒来，原来她在电脑桌前睡着了。

一伸手，休眠中的电脑开了。

上面的标题：北京某医院眼科博士偷窃角膜（配有一男人照片）。

杨晓云茫然。

电话声继续。

她接电话，电话中传来高果果的声音：博士姐，博士姐，邓大叔不行了，你快来，他签了捐赠卡。

74. 医院　夜　内

装角膜的保温桶。

杨晓云、高果果恭恭敬敬地三鞠躬。

75. 医院　夜　内

高果果：邓大哥说，他们家乡的风俗是亲人不能动遗体的……这么晚，也没有电梯……要不等明天？

杨晓云摇头：等不了。我来背吧。

76. 楼梯　夜　内

七楼。

杨晓云背着身高足有1.8米的邓大叔，高果果抖抖索索地在后面托着死者的双脚。

六楼。

邓大叔的脑袋不停地从杨晓云后脑勺的一侧晃到另一侧。

五楼。

高果果：阿弥陀佛，阿弥陀佛。

四楼。

邓大叔的脑袋不停地从杨晓云后脑勺的一侧晃到另一侧。

在一旁搓着手却不能上前帮忙的邓先生流眼泪了。

三楼、二楼、一楼。

杨晓云的汗水。

最后，杨晓云终于将尸体放到了车上。

高果果的眼泪。

邓先生泪流满面。

77. 眼科手术室　日　内

晶莹剔透的角膜大特写。

杨晓云：把眼睛对着光线。

杨晓云为刚做完角膜移植手术的某个病人进行术后检查。

杨晓云对身边的高果果讲解：你看到还缝着线的地方了么？那个就是角膜，也就是我们常说的“黑眼珠”。人们说眼睛是心灵的窗户，那么角膜这黑眼珠，就是眼睛的窗户。

高果果：博士姐，我想做劝捐员，哦，不，叫协调员。

78. 眼库　日　内

高果果展示手中证书：义务劝捐志愿者。

杨晓云带着高果果参观医院眼科，在灯箱上演示眼球知识。

高果果身穿一件白色T恤，身背一个双肩包，上面有义务劝捐志愿者字样。

高果果：博士姐，怎么那么多人等着角膜移植啊，还有150多个人排队了，邓大叔一个人的角膜也不够用啊。

杨晓云给高果果上课：对，就是不够啊，所以要协调。如果有角膜捐献意愿者，作为协调员，你要指导他（她）书面填写志愿报名登记表格，办理登记手续。对其信息进行审核，录入中国人体器官捐献登记系统，申请人正式成为一名角膜捐献志愿者。待其去世后，联系家属办理捐献相关事宜。

79. 地下室　夜　内

高果果：石头，你猜博士姐怎么答应我做劝捐员的？哦，协调员。

高实实在做作业：老一套，献血标兵呗。

高果果：错！

高果果满意地：博士姐说，一、我能吃，二、我爱大声笑。

高实实哈哈大笑。

高果果：停！这两个条件听起来简单，博士姐说，这是特蕾莎修女选志愿者的标准呢，说明这个人善良。你给我讲讲，特蕾莎修女是谁？

高实实：等我写完作业。

突然，高果果一蹦而起，头撞在下铺床上。

高实实吃了一惊：又怎么啦？

高果果：石头，你听，有人在哭。

高实实：嗯。

高果果：我得出去看看，看是不是出事了。万一有人去世了，角膜不就浪费了？

高实实：姐，你有病吧。

80. 眼科诊疗室　日　内

一个 80 岁左右的老人在病房里走来走去。

张大叔：感谢你呀，杨博士，我现在走路比二十年前都稳了，又可以写字了。（说着打开一个日记本）这是我昨天写的。

杨晓云一看，原来是“医者仁心”四个大字。

杨晓云脸一红，有点不好意思。

张大叔：这个呀，我要送给我原来那个医生。

这下，杨晓云囧住了。

张大叔：去年我问他，我会不会看不见了。他说要找算命先生去问。这回好，我找到了神仙。

杨晓云：张大叔，是您心态好，治疗才有效。视力已经从 0.02 恢复到 0.1，来，读读报，看看字变形不？

正在这时，伸进来一个头，正是叶科。

杨晓云：叶科，眼睛没事吧？

叶科非常开心地举着一个东西给杨晓云。

杨晓云接过来一看：哈哈，好，今天我们不读报，张大叔，您读读这个。

张大叔一字一句地读出：叶科同学，祝贺你顺利通过我校专业考试和全国普通高校招生文化考试，符合我校录取原则。经研究决定，你已被我校摄影系录取，学制四年，请凭本通知书来校报到，具体时间地点见《新生入学须知》。

大家鼓掌。

叶科：杨博士，我也要当志愿者。

81. 校园小路　日　内

头戴一蓝一红小帽子的女生并排而行。

徐菜的声音传来：中英《南京条约》签订后，美、法趁火打劫，相继逼迫清政府签订的不平等条约有：A.《虎门条约》；B.《望厦条约》；C.《黄埔条约》；D.《天津条约》。

头戴粉红小帽子的李贝贝：B、C。

头戴蓝色小帽子的徐菜爽朗一笑：不错呀，麻醉没影响智力嘛。

李贝贝：走你的。

82. 校园　日　外

两个少女在海报栏前停留。

海报：全国首届大学生炫舞大赛。

李贝贝拿出手机拍下。

徐菜：怎么？

二人对视，然后同时：算了，明年再参加。

徐菜：有默契。

李贝贝顽皮地：准备啊。

徐菜：一、二、三。

李贝贝刷地揭开帽子。

光头。

徐菜惊了。

李贝贝：怎么了，不是说有思想准备的吗？

徐菜沮丧地：是没想到还那么漂亮！

说着，刷地也摘下帽子。

又一个光头。

李贝贝哈哈哈笑起来，又感动得想哭，强忍住泪水，伸手捶了她一下：欸欸欸，抢我风头啊。

徐菜、李贝贝笑作一团：哈哈哈。

校园风景亮丽，如同美丽女孩的青春笑容。

83. 广场　日　外

欢快的锣鼓与歌舞，拉开了香港招商局和华厦眼科中心的“山区光明行”活动。

背景板上，有美丽的丹霞山、美丽的红豆树，还有一个小女孩美丽的身影。

上面写着：

这个5岁的小女孩茫然地抚弄着她的头发，这个世界无论有多美的景色，对她来说都只是黑暗两字而已。

杨晓云：缘起呢，当然还是你们报纸上这个在黑暗中摸索的小姑娘。

84. 丹霞山，红豆树　日　外

珠珠在红豆树下拍手。

杨晓云的画外音：每每独处，女孩珠珠总是张开两个巴掌，使劲地拍手，用声音驱赶寂寞，用掌声和这个世界交流。她因此被称为拍手女孩。

85. 深圳，香港招商局　日　内

画面：志愿者，签署光明行免责书。

范开进的画外音：……我们以丹霞山为中心，沿途为贫困地区的白内障患者实施复明手术。此次慈善活动地处偏远，具有一定的风险，一切责任自负，请务必事先告知家属。

虽然行善自愿、生死有命，我们也都签了生死状，但我们也有铁的纪律。简单分为两个部门，一个是医生、护理部，一个是服务部。又细分为门诊（术前预检）、手术室、医疗器械、后勤保障与物流四个小组，每个小组都有专人负责，并实行问责制。

对了，每到一地都会去看望一所学校，赠送一批学习用品，给孩子上一堂“保护眼睛”的课。杨博士有什么要说的？

杨晓云手持光明行小册子：范团长虽不是眼科医生，却将“光明行”中的每件事都当眼科手术来做，精细到了极致。我没有别的要求，能当天做手术就行。

86. 深圳，街道　黄昏　外

认真练习滑板技术的杨晓云。

她摔了一跤。

87. 韶关医院　日　外

一个小女孩翘首以盼，正是开篇红豆树跪拜的珠珠。

拄着拐杖的杨晓云抢前几步，蹲下，拉着女孩的手：珠珠，终于见到你了。

珠珠害羞一笑。

春花院长：杨博士，您这是？

杨晓云摆摆手。

高果果大声：博士姐学滑板摔了一跤。崴了脚。

叶科的相机拍着珠珠的脸和眼睛。

88. 医院　内　日

杨晓云拄着拐杖：几点可以开始手术？

范开进看一眼她的拐杖：你，可以吗？

杨晓云：没问题，我用手做手术，不用脚。再说，即使身体状况再差，一走进手术室，我就会浑身精神抖擞。手指和我身体状况无关，它会自己正确地动作。

89. 手术室 日 内

虽右脚打着石膏，但杨晓云动作快，手不抖，技术娴熟，依然展示着杨式手术的速度与动作美学。

叶科的镜头里映出杨晓云飞舞的手。

一刀一线之间，宛如跳舞。

护士：2分零8秒！第10台。

90. 手术室 夜 外

手术室的门打开，众目睽睽之下，女孩珠珠（眼睛还蒙着纱布）拍着手走出来。

她像明星般被人簇拥着。

春花院长问：珠珠，你告诉深圳来的医生，你眼睛复明后最想做什么事。

珠珠：认字。

范开进：还有呢？

珠珠：结婚。

大家哄堂大笑。

春花院长解释：她姐姐马上要结婚。

杨晓云一手拄着拐杖，慢慢蹲下来：谁有指甲刀？

杨晓云用酒精棉细心地擦着珠珠乌黑的十个手指，又接过高果果递过来的指甲刀，为珠珠剪指甲，用牙签小心翼翼地挑尽指缝间的污垢。

杨晓云：珠珠，手术后眼睛会发痒，一定要勤洗手，保持手的干净，否则容易引发眼睛发炎。

珠珠频频点头，发出“哦，哦”的声音。

91. 镜子　日　内

右胳膊比左胳膊粗大很多，贝贝注视镜子里的自己，开始哈哈大笑。

李贝贝：你看这个怪物，这个怪物。

说着将水杯扔在镜子上。

啪的一声，镜子碎掉了。

92. 医院病床　夜　内

李贝贝的手机，她翻看自己跳舞的照片。

看到海报栏上的比赛广告。

女孩在手机的记事栏上写下：遗愿清单……

93. 会议室　日　内

排队的人。

一个个在接受排查。

春花院长收起手电：康宝格，今天穿新衣服啊。

身穿一身新衣服的康宝格害羞地点头。

春花院长：你这个不是白内障，你的眼睛这次治不了，对不起啊。

94. 走廊　日　内

高果果查视力：看这个形状是向右、向下还是向上？

小孩子害羞，根本不明白要求：向上。

高果果：是向下、向上还是向左？

小孩子：向左。

高果果从口袋里掏出一把糖果：哎，认真看，看到什么说什么，看完了给糖吃。

小孩子们一拥而上：吃糖吃糖。

95. 检查室　日　内

春花院长：阿慧，珠珠的姐姐。

杨晓云：你看不见有多长时间了？

阿慧低头说着什么。

春花院长：右眼角膜白斑已经有 20 年，她 21 岁。阿慧今年就要结婚了。

旁边的未婚夫憨厚地笑。

杨晓云对着她眼睛照：有光吗？有光没有？

阿慧：没有。

杨晓云：一点都没有？

阿慧：没有。

范开进在另一边给人点眼药水。

病人：深圳来的还有男护士哦。

范开进笑：对哦，你好好配合我呀，我做好了这个工作，才能晋升到手术室做助手。

病人郑重点头。

阿慧用手捂住脸，伏在自己双腿上。

杨晓云：葡萄膜炎引发的瞳孔在缩小状态下的粘连。粘连之后不可避免地导致青光眼。很遗憾，非常可惜。

男青年手足无措。

范开进及时赶过来：哎，别哭姑娘，我先给你点眼药水，我们再想想办法。

春花院长：康宝格，右眼失明。不是白内障，做不了。

杨晓云用手电照他眼睛：右眼角膜白斑引起的失明，可以做一个转位手术。

春花院长：有希望？

杨晓云：完全有。

杨晓云拿了一张纸，画图：你看，这里面有个三角形，白斑把瞳孔挡住了。它上方三到四毫米有个透明的角膜，我们给他做一个偏中心的环转。

96. 检查视力的走廊　黄昏　内

范开进：怎么样？

高果果：100 颗糖还剩 8 颗，这是第 92 个。

范开进：我来帮你算啊，算 100 个人吧 ，每个人有 10 个左右答案，那么你要看他 1000 次，加上看视力表 1000 次，你今天已经扭头 2000 次了，颈椎病好了吧。

高果果哈哈哈大笑：报告范队长，我没有颈椎病。

范开进：你去找春花院长给杨博士他们准备应急灯，一会儿天要黑了，据说这里老是跳闸。换我来治疗治疗颈椎病。

97. 手术室　夜　内

杨晓云给康宝格做手术：做这个偏中心的环转，通过上方的自身透明角膜看到外面世界，这叫作自体转位角膜移植术。

突然停电了。

高果果和范开进及时出现：应急灯，应急灯来了。

护士：后勤服务真到位啊。

高果果：老团长提醒的。他调查过了。

杨晓云朝他投去感激的目光。

三四盏大功率应急灯下，杨晓云快速地飞舞手指。

范开进：杨博士，您这飞舞的手指恐怕已达到击水为刃、执柳作剑的境界了。

护士报数：第 88 个完成。

98. 诊室　夜　内

范开进、杨晓云、高果果、叶科等人睡在椅子上、地上。

一轮明月高挂在丹霞山上。

99. 排练室 夜 内

李贝贝与徐菜练舞。

二人头缠染色围巾，翩翩起舞。

李贝贝虽然右手很难抬起，但她也在努力。

徐菜：可以吗？

李贝贝点头：不要告诉评委我生病了，好吗？

徐菜：当然好，我最烦那些痛说革命家史的人了，太假了。我们靠实力，不靠同情分。

100. 会议室 日 内

纱布被揭开。

第一个是康宝格。

眼前一亮。康宝格看见了眼前的医生。

杨晓云伸出手指：看得见吗？

康宝格：看得见，看得见。

杨晓云：清楚吗？

康宝格笑得合不拢嘴：清楚，清楚，3 个。说着，自己也比画一下手指。

范开进：你眼睛好了回去干什么？

康宝格：卖牛肉。去更远的地方卖牛肉。还有，可以捡起裁缝生意。

一个老大爷死死按住纱布，不让揭下。

他嘴里嘟囔着客家话。

春花院长：他说他怕是一场梦，梦醒了，还在黑暗里。

杨晓云：不怕，不是梦。说着揭开纱布。

大爷哽咽，腿也抖。

杨晓云：不要哭，不要哭。大爷，流眼泪要感染的。说着，自己却也流泪。

大爷看到杨晓云的拐杖：医生，你腿脚不便……天兵天将啊。没想到，我80岁了，还有这个福气。

许多戴着纱布的农民，肃穆地坐着。

拆开纱布，珠珠睁开双眼，两个小眼珠滴溜溜地乱转，眼神游离不定。

奶奶喊：珠珠。

小女孩的目光定在了奶奶脸上，忽然“哇”地大哭，跑上去张开双臂，吊在奶奶脖子上。

全家人抱头痛哭，喜悦的泪水，再也无法抑制。

101. 医院　日　内

春花院长：这就是杨博士。

珠珠的奶奶一把抱住杨晓云，不停亲吻她的额头（客家话）：菩萨保佑你。你的脸上有一朵莲花。

珠珠和姐姐阿慧站在一边，珠珠走过来将手里的一把红豆塞到杨晓云手里。

珠珠：红豆，红色。

阿慧紧紧拉着杨晓云的衣角。

珠珠：姐姐，做手术，姐姐，看红豆。

奶奶：我这大孙女苦啊。

阿慧紧紧拉着杨晓云的衣角。

杨晓云注视着她的脸：阿慧，对不起，现在没有眼角膜。

阿慧眼泪无声流淌。

杨晓云复杂的表情。

102. 走廊　黄昏　内

长长的走廊中，穿着新衣服的阿慧向光而立，背身而站。

她在等待，等待医生空闲。

她的前方，珠珠在踢着塑料可乐空瓶。发出丁零哐当的单调声音。

落寞，毫无希望。

叶科举起相机，拍了一张。

103. 丹霞山下，红豆树下　黄昏　外

杨晓云打坐。

黄昏的光影。

范开进在另一块大石头上。

杨晓云：走到哪里，我遇到的都是相同的难题。

范开进：眼角膜。

杨晓云点头：他们都叫我眼角膜女神，眼角膜博士，眼角膜大姐。可是，我连一片角膜都没有。

范开进一笑：这跟有钱人总是遇到资金问题一样。

杨晓云：如果现在有一片角膜多好，不，半片就行，阿慧就可以睁着眼睛结婚了。你知道她说的一句话多戳痛我的心吗？她说，别人都说盲人的世界是黑暗的，可是我却不知道黑是什么样的。她揪住我的衣角不放，满怀希望，我却总带给人失望，我太失败了。

范开进不语。

杨晓云：太失败。光环在外面，内在一败涂地。

杨晓云低头：对不起，平时在医院做手术很理性，但在光明行里，突然变得感性起来。

范开进：世界上有两种医生，一种是已经摆脱了个人感情，一种始终保持着。两种医生都很好，一种神圣，一种生活；或者说，一种出世，一种入世，都会有很满足的幸福感。我感觉你的痛苦在于你摇摆于两者之间，不纯粹，很矛盾。你想让一切人都满意，这，不可能。

杨晓云点头：纯粹者容易得到快乐。比如你，就是一个纯粹的人，之前一心扑在股市上，成为深圳18个行业的代表之一，现在一心扑在慈善事业上，没有家庭，没有后顾之忧。我做不到，我想都兼顾，事业、家庭。但也兼顾不了。

范开进：罗素还好？

杨晓云：你知道的，一个家庭两个医生，本来朝着共同的前方走，却不知怎么越来越远。

范开进：这样，我准你个假，后天你不跟大部队回深圳了，去厦门直接找罗素，你们好好聊聊。

104. 手术室　夜　内

范开进对躺着的阿慧：阿慧，你想好了？

阿慧坚定地点头。

范开进：晓云，你想好了？

杨晓云点头：我将个人感情进行到底。

杨晓云：阿慧，我保证你会变得更漂亮。

105. 韶关　日　外

大家准备离去。

阿慧在珠珠的牵引下走了过来，阿慧未婚夫自行车上还绑着一头羊。

阿慧的眼睛做了美丽的双眼皮。

杨晓云拉住她的手：阿慧。

阿慧羞涩地：他说好看。

旁边的小伙子憨厚地点头：阿慧说，送羊给你们。

范开进：这我们可不能要啊，阿慧。

阿慧：大补的。

杨晓云急忙摆手：不行不行，我们也没办法带走。

阿慧想了一想，对未婚夫说：今天是个好日子，把羊放了吧，让它想去哪儿去哪儿。

杨晓云：阿慧，眼库有了角膜就来接你。很快的。

106. 厦门肿瘤医院　日　内

医生办公室。

护士带领杨晓云进来：罗主任出差去了。

杨晓云在罗素狭小的办公室转了转，办公台上还有小镭的照片。

杨晓云走出来。

护士站里很多人，大家都在看电视。

杨晓云也凑近了。

李贝贝与徐菜的舞蹈。

二人头缠染色围巾，饰演因癌症治疗失去了秀发的病人，各自身着飘逸的白色衣衫，独自的痛苦情感，两个人彼此的折磨挣扎和相互支持，都在极具张力的舞步和动作中一一展现。

评委讲述：在这力与美的结合中，我们看到了乳腺癌和其他绝症患者的病痛，以及他们所爱之人所经历的情感折磨，唤起整个社会对乳腺癌的关注。

刚刚带领杨晓云的护士：李贝贝，42床，我们这里的病人，罗主任管的。刚刚是四进二，她们赢了，现在是大明星了。

107. 厦门肿瘤医院病房　日　内

杨晓云坐在李贝贝病床前。

二人沉默不语。

突然杨晓云电话响。

杨晓云对贝贝：不好意思，接个电话。

接通电话。那边立刻说，您是杨博士吗？我女儿遇车祸了，要捐角膜。

杨晓云立刻站起来，往门口走。

对方电话：您是名人，您能不能跟交管局联系一下，尽快将肇事者绳之以法。

杨晓云：谢谢您的支持，我在外地，马上赶回深圳，您先跟协调员高果果联系，她的电话……

杨晓云走回来。

李贝贝终于发话了：对不起，杨博士，虽然我知道这是大好事，公益事业。但，对不起，我做不到。我时间有限，想做自己感兴趣的事。

杨晓云默默点头，从口袋里掏出名片给少女：好的贝贝，我先回深圳了，有空再来看你，你加油！

108. 光明树　黄昏　外

光明树下，母亲墓前呆坐的杨晓云似乎陷入了生活与事业的双重困境。

闪回：

网页：陈文源：角膜女神再次乘人之危，车祸家属状告眼科中心……

高果果的辞职信。

高果果的画外音：好心好意帮他们，结果她们一拿到赔偿反倒猪八戒耍把式——倒打一耙，说我们是乘人之危，一心只想得到角膜。我没文化我受不了这个气，博士姐我不干了。

巨大的光明树。

罗素办公室紧闭的门。

阿慧拉着自己衣角的手。

范开进带着一些水果过来。

范开进：高果果说，你关机肯定就在光明树，给她说准了。

杨晓云盯着母亲的遗像：怎么就那么难呢？我不明白。

范开进将水果摆在杨母墓碑前。

然后又从包里掏出个橘子，慢慢剥着。

109. 厦门肿瘤医院　日　外

领舞的贝贝和徐莱。

医院里穿病号服的癌症病人跟着跳。

很多人都戴着口罩。

也有护士和一两个医生。

罗素看着。

110. 骨扫描室　日　内

贝贝躺在仪器上，做骨扫描。

111. 医生办公室　日　内

脑科专家拿着片子给罗素看。

罗素：转移了？

112. 光明树　黄昏　外

杨晓云：墓志铭？

范开进点头。

杨晓云摇头：没有，没想过墓志铭。我和罗素早有约定，如果他先去，他的骨灰撒到大海里，不留一物在人间。我呢，角膜捐出来，遗体捐给深圳大学医学院。我们不用墓地，当然也不用墓志铭。如果要留，就只是把光明留下来。

中国捐角膜的太少了。斯里兰卡人口才 2000 万左右，签字志愿身后捐献角膜的人数超过 500 万。我们呢，总是等米下锅。

杨晓云：2000 年时我在日本进修。导师百濑浩的助理是位斯里兰卡小姑娘，她主要职责是从斯里兰卡国际眼库联系角膜进口。日本方面需要角膜，就发传真给斯里兰卡，斯里兰卡就航空运过来。当时我就很好奇，请老师给我写信去斯里兰卡考察，但当时那边正内乱，没有成行。

范开进：现在，你还想去吗？

杨晓云：当然了。西天取经。

范开进：好，交给我，我们招商局在那里有项目，我来联系吧。

杨晓云：你知道我的，凡事喜欢讲完美讲平衡，接近天秤的处女座（不好意思地一笑）。内蒙古姑娘李莹当年捐赠了角膜给深圳，后来我也想办法回馈了内蒙古。叶科的眼睛就是斯里兰卡人救的，我正想看看能做点什么……

113. 光明树　黄昏　外

黄昏氛围更浓，二人边走边聊。

杨晓云：这个，就是向春梅，这个是李莹，这个是董立国，这个……每次看到他们我的心情就好多了。

114. 游泳池　夜　外

一个裸女背影站在高台上，她仰望夜空，明月照在她的身上，光洁的处女之美。

她缓缓跳下，沉了下去，好久。

终于，她浮出水面。

贝贝对着池水边的徐菜：上回欠你的，还你了。

满脸泪水的徐菜。

贝贝：我又可以划掉一项，裸泳一次。

115. 快速切换系列场景

A. 电脑屏幕。

徐菜打字声：这一秒不失望，下一秒就有希望。

她是一个大四学生，乳腺癌患者，她发表1000条微博解答乳腺病知识，她没有男朋友，她的遗愿清单第三项是照婚纱照。

B. 徐菜等同学往别的同学手里塞广告。

C. 纸质小广告：为最美粉红猫征婚纱照新郎。

D. 深圳教室。小镭、高实实等同学在教室外聊天，小镭手里的小广告。

116. 飞机划过蓝天

美丽的斯里兰卡到了。

117. 科伦坡，斯里兰卡国际眼库大楼　日　外

杨晓云、范开进、叶科、莎子娜站在斯里兰卡眼角膜之父哈德逊·席尔瓦博士的金色塑像前，杨晓云将手中的花篮放在塑像面前。

范开进给杨晓云介绍莎子娜：这是科伦坡市长的特别代表莎子娜，也是他的女儿。

莎子娜：50多年前，在亲眼看见收治的不少眼疾病人因缺少眼角膜而导致失明后，席尔瓦博士怀着沉痛的心情写下那篇著名的《人死眼犹生》（*LIFE TO DEAD EYE*）。

杨晓云点头并背诵了一段。据说这篇文章就是点燃斯里兰卡眼角膜捐献热情的火苗。

莎子娜：最初一两年，取角膜时遭遇家属敌意还是常有的。但1963年后，斯里兰卡每个月角膜捐献从几枚增加到几十枚甚至几百枚，直到今天的全民善行。这都是席尔瓦博士的功劳，所以他也被称为斯里兰卡眼角膜之父。

118. 斯里兰卡国际眼库　日　内

席尔瓦夫人与杨晓云、范开进座谈。莎子娜担任翻译。

莎子娜：夫人说，您和席尔瓦博士的经历太像了，她太感动了。您和席尔瓦先生都是眼科博士，他在上大学期间推动角膜捐献，您毕业以后也是这样做的。席尔瓦博士推动斯里兰卡器官移植条例的出台，您呢，推动中国第一部器官移植法《深圳经济特区人体器官捐赠移植条例》的立法，更巧合的是，都将母亲的角膜捐出给其他人带来光明。

席尔瓦夫人：看到您，感动又亲切。您就是中国的席尔瓦。

杨晓云合掌敬礼：不敢当。

杨晓云：夫人，除了宝石和红茶，斯里兰卡拥有一个全世界独一无二的无价之宝，那就是斯里兰卡人民的光明礼物——角膜！他就是从这光明礼物中获益的人。

杨晓云指了指叶科，叶科频频点头。

席尔瓦夫人：20 世纪 60 年代至今，我们国际眼库已捐出 67000 多枚角膜，涉及 57 个国家、140 多个城市。现在我国平均每天有 20 个人捐献，最多时有 50 人。

119. 厦门，婚纱照相馆　日　内

镜子前化好妆，穿着粉色婚纱的李贝贝，很美丽。

一个高大的身穿黑西装的男生站在她身边。正是江天原，对着镜子系粉红领带。

贝贝羞红了脸。

她望着镜子里的他，不敢相信自己的眼睛。

她双手捂住脸，然后使劲睁开，江天原还在。

他望着她笑。

徐菜从一边赶过来，塞给她一只 hello kitty：放心，这不是梦。

贝贝害羞。

120. 厦门，照相馆　日　内

摄影师：来，笑一个，好，新郎头往新娘这边靠一点。

镜头中是江天原和贝贝。

摄影师：很好。

一张照片。

罗素和罗小镭赶来，罗小镭也一身正装。

罗素：贝贝，这是我儿子。他特意从深圳过来应征做你的婚纱照新郎。

李贝贝：你多大？

小镭：你猜。

李贝贝笑：16？

小镭：错，我 18 了，成年人啦。

李贝贝笑，二人拍摄。

外面又有几个身穿黑西装系粉红领带的男生手捧粉色花束而来。

徐菜和贝贝都惊呆了。

快速剪辑，几个男生分别跟李贝贝的合影。

贝贝累得睡着了。

十几个帅气的穿黑西装系粉色领带的男孩站成一排，中间是身穿粉红婚纱的贝贝。

121. 斯里兰卡沙曼药师家　日　内

叶科的眼睛。

沙曼母亲将叶科拥在怀中。

杨晓云：我们中国有句古话，饮水思源，您看，沙曼的角膜让叶科顺利地进入理想的大学，学到理想的专业。

叶科：感恩沙曼药师，感恩斯里兰卡人。

这家很贫穷，基本都是女人：沙曼的母亲、沙曼的妻子，三个女儿，一个幼小的男童。

莎子娜（汉语）：这是杜兰，沙曼唯一的儿子，他患有罕见的疾病，他天生有两套生殖器、两套结肠和两个未通的肛门，这种先天性的罕见疾病在全世界只有6例。

杨晓云蹲下来，拉着他的手：好可爱的眼睛。你好，杜兰。

那边叶科和沙曼的几个女儿在交流。

沙曼的女儿：你走进来，目光落在我身上，就好像是爸爸的眼睛凝视着我。

叶科给她们拍照，大女儿嘻嘻笑着。

杨晓云：我会跟深圳儿童医院联系，看他们有没有好办法。

122. 医院　夜　内

李贝贝的粉红遗愿清单上，划去婚纱照这一栏。

粉红单子上。

划去的：舞蹈比赛、裸泳一次、辟谷一天、婚纱照等。

还剩去西藏旅游、支教、养一只粉红猫等。

123. 华厦眼科中心　日　内

高果果在儿童医院门口给杨晓云打电话。

高果果：儿童医院泌尿外科李主任看了您传过来的片子，已经有了几个方案，他们决定免费为小杜兰治疗。

高果果：还有，您让我联系的弘法寺慈善功德基金会全程资助接治患儿所产生的一切费用。

高果果：……还有，我的辞职信，我，我，您当我没交过。

那边杨晓云爽朗地笑。

高果果挂掉电话：那么开心。

敲门声。

高果果：请进。

门开，死对头陈文源。陈文源的眼睛贴着纱布。

高果果一皱眉：请问您找谁？

陈文源：杨晓云啊。她人呢？

高果果伶牙俐齿学他的话：与其称她为光明使者，不如称她为死神代言人更为合适。您找死神代言人干吗呀，不想活了？

陈文源：哎，你这丫头，怎么说话呢。

高果果：杨医生不在。

陈文源：我有急事找他，救命的事。

高果果：揭开“眼角膜女神”的真面目，角膜女神再次乘人之危……这不都是您的话吗？怎么遇到急事和救命的事还找她呢？

陈文源：我不相信别的医生，只相信她。

高果果冷笑。

124. 医院花园　日　外

领舞的贝贝和徐菜。

医院里身穿病号服的癌症病人跟着跳。

很多人都戴着口罩。

徐菜：您迟到了，郭姨。

郭阿姨：刚做完化疗。

贝贝晕倒。

125. 空中　日　外

戴着粉红小帽的贝贝坐在老鹰背上飞翔。

风刮过脸庞，她将整个人埋在老鹰的羽翼之中，感受到翅膀坚实、鲜活的结构。

从空中俯视，武汉、北京、深圳，最后到达很美丽的地方（天堂）。

蓝天白云、圣殿。

贝贝踏上阶梯，进入大门，漫步在仙境般的回廊之间。

贝贝在桥上驻足，流连忘返。

一阵风来，她的帽子被吹下桥去。

贝贝甩甩头，一头重新长出的秀发。

126. 医院　日　内

睡着了的贝贝睁开双眼，艰难挪动自己的右胳膊：妈妈。

妈妈赶紧伸头过来听她说话。

贝贝：我刚刚去了一个很美的地方，我猜是天堂。

妈妈刷地眼泪流出来：别瞎说，贝贝。

贝贝：妈妈，我想捐角膜。菜菜，快给杨博士打电话。

127. 斯里兰卡大使馆　日　内

范开进、杨晓云、大使等人在商议。

杨晓云：深圳儿童医院已经有了治疗小杜兰的医疗方案，建议早日将他接过去治疗。沙曼的大女儿说很想到中国留学，我也与深圳大学联系了，费用我来出。我们中国人讲滴水之恩，涌泉相报，不能让斯里兰卡捐角膜的药师在地下寒心。

大使温和地笑，点头。

范开进：江大使，昨晚我和杨博士讨论后，有个想法。2007 年，斯里兰卡总统拉贾帕克萨到中国访问期间带来了两枚眼角膜赠送给中国。到现在为止斯里兰卡人民共向中国捐赠了 800 多枚眼角膜。我们一直在想如何回馈他们。

杨晓云：我说我只有两个本事，一个是角膜移植，一个是白内障手术。要不我免费给斯里兰卡人做800例白内障手术吧。

大使鼓掌：好主意，好主意。杨博士，之前人们都称你是眼角膜女神，现在该称你角膜外交家了。

杨晓云：我的原则，爱的平衡。

范开进：1000例。

大使：好，十全十美，我提议你回去以后立刻成立斯里兰卡白内障医疗中心，开进联系赞助，我这边联系医院，征集手术患者，三方面同时进行，九月主席及夫人访问斯里兰卡，将这爱的礼物回馈他们。

128. 医院　日　内

贝贝疼得全身痉挛，满脸汗珠。

徐菜：吃点止疼药吧！

贝贝：不能吃，吃了会对眼角膜有害。杨博士怎么说？

徐菜：杨博士在斯里兰卡，她马上回国。

贝贝：湿毛巾，湿毛巾，免得眼睛干了。你们要帮我冲刺啊，我要等着杨博士来，六个小时是吗？六个小时之内有效，是吗？

129. 飞机划过蓝天

130. 医院　夜　内

眼睛上搭着湿毛巾的贝贝昏迷，嘴里喃喃：六小时之内，六小时，菜菜帮我冲刺。

贝贝弥留之际，嘴唇颤抖：你们快走，我对不起你们。

贝贝：撤掉氧气瓶，六小时到了，我的眼角膜没有用了。

徐菜凑近她听。

徐菜眼泪刷刷地：她说撤掉氧气瓶，六小时到了，眼角膜没有用了。对不起，对不起。

罗素：贝贝，晓云说的六小时不是这个意思，贝贝，你的眼角膜保护得很好，一定会有用的。

131. 出租车　夜　内

出租车载着杨晓云。

罗素的短信：我不能来接你了，贝贝情况很不稳定。

杨晓云：我已在出租车上了。

杨晓云对司机：师傅，看见卖鲜花的地方请停一下，我要给李贝贝买束鲜花。

司机：李贝贝，我知道，舞蹈明星，她要捐角膜，很了不起。她喜欢粉色。

车到了医院门口，仍然没有看到鲜花店。

132. 医院　夜　内

与李贝贝第二次见面，这个美丽的女孩已变身粉红天使飞往美丽的天国。

杨晓云轻轻地给李贝贝取下角膜。

有人送来大捧粉色的花。

罗素：刚刚一个出租车司机送来给贝贝的，他说他知道贝贝喜欢粉红色。

杨晓云：贝贝，我给你带了礼物。

她将一个hello kitty眼罩给贝贝戴上：那天我跟你说会给你带一个粉红眼罩，你说，粉红猫的这面要朝外，那样才好看。

贝贝妈紧紧地抱住装有眼角膜的保温瓶：贝贝啊，你慢慢走好哦，你要去深圳了……

罗大佑《恋曲1990》的歌声：

乌溜溜的黑眼珠和你的笑脸，
怎么也难忘记你容颜的转变，
轻飘飘的旧时光就这么溜走，
转头回去看看时已匆匆数年……

闪回画面：

贝贝美丽的舞蹈。

她高高跳水台上的裸背。

她与徐菜在图书馆台阶上。

贝贝美丽的粉红色婚纱照。

最后病床上hello kitty眼罩。

133. 车　夜　内

歌声里（显然是广播里的歌声）：

苍茫茫的天涯路是你的漂泊，
寻寻觅觅长相守是我的脚步，
黑漆漆的孤枕边是你的温柔，
醒来时的清晨里是我的哀愁……

罗素开车，杨晓云坐在旁边，一动不动地抱着保温桶。

路边风景不停刷过。

134. 舞台　日　内

歌声里：

黑漆漆的孤枕边是你的温柔，
醒来时的清晨里是我的哀愁，
或许明日太阳西下倦鸟已归时，
你将已经踏上旧时的归途……

徐菜与江天原的舞蹈。

135. 深圳儿童医院　日　内

歌声里，医护人员与基本康复的小杜兰。

小杜兰：中国妈妈。

药师大女儿：我们的中国姓，是杨。杨晓云是我们的中国妈妈。

136. 深圳眼科诊室 日 内

歌声里，晶莹剔透的角膜大特写。

阿慧揭开纱布，与未婚夫相拥而泣。

陈文源的纱布也揭开了，他不好意思地笑。

高果果瞪他。

137. 斯里兰卡 日 外

歌声里，杨晓云做手术的纪录片形式。

（相关字幕……）

杨晓云接受斯里兰卡眼捐献协会颁发的感谢状，成为被这个享誉全球的角膜捐献组织嘉奖的唯一的中国眼科医生。

香港招商局和斯里兰卡眼库合作项目挂牌。

斯里兰卡眼捐赠协会承诺，未来10年每年将为中国捐赠不低于500枚的眼角膜。

杨晓云与总统夫人升国旗。

138. 厦门开往深圳的车 夜 内

乌溜溜的黑眼珠和你的笑脸，

怎么也难忘记你容颜的转变，

轻飘飘的旧时光就这么溜走，

转头回去看看时已匆匆数年……

歌声里，窗外一路风景。

车内两个沉默的人。

久久的红灯。

轰隆隆的雷雨声在我的窗前，

怎么也难忘记你离去的转变，

孤单单的身影后寂寥的心情，

永远无怨的是我的双眼……

夜色中，突然烟花四起。

新年到了。

罗素拉起杨晓云的手：新年快乐！晓云。

杨晓云的眼泪流出来。

歌声持续：

或许明日太阳西下倦鸟已归时，

你将已经踏上旧时的归途，

人生难得再次寻觅相知的伴侣，

生命终究难舍蓝蓝的白云天……

闪回 校园 日 外

很久很久以前的少女杨晓云和年轻学子罗素在校园里的草地上。

罗素弹着吉他唱歌：

乌溜溜的黑眼珠……

《居里夫人传》书的封面。

少女杨晓云和罗素在校园里的草地上。

杨晓云拿着《居里夫人传》念道：

居里夫人问：它会是什么样子呢？在你的想象中，它是什么形状？居里这个物理学家和颜悦色地回答：我不知道，我希望它有很美丽的颜色，它的名字叫镭。

闪回 产科病房

罗素怀抱婴儿，哼唱：

乌溜溜的黑眼珠和你的笑脸……

罗素：咦，小镭笑了。

黑起

尾声

139. 光明树　日　外

阿慧（戴着粉红帽子）和新郎的婚礼。

叶科和斯里兰卡药师的女儿。

高果果、陈文源、范开进等人如数出现。

小镭递给杨晓云、罗素一个驾照（A），全部捐献的意思。

光明树下。

贝贝父母将一个粉红色骨灰盒放到光明树下。

贝贝的照片。

美丽的贝贝在光明树下跳舞……

手持粉红色、贝贝未完成的愿望清单，戴着粉红帽子的阿慧，朝远方走去。

越走越远，人越来越小。

远方，有曙光！

（剧终）

电影《足球·少年》

编剧：汪小平　韩建　曾嘉　肖嘉宁　李丁

序言·星火征途

微信扫一扫本书首页“中影社”小程序二维码
进入“中影社”小程序扫描此条码观看精彩视频

扫一扫 了解剧本的由来

在我从事媒体工作的职业生涯中，有两个重要事件改变了我的从业轨迹，一个是2008年的汶川地震，前线报道后我从报社调到了中央电视台；一个是2015年的《少年足球说——星火征途》，那以后我决定离职，去做这部电影。

当年为了响应国家倡导校园足球的政策号召，我所供职的中央电视台体育频道决定做一季以校园足球为主题的大型系列专题片《少年足球说》，而我选择的题目是边远山区。

所有人都清楚，在中国，边远山区意味着什么。不光是资源的匮乏与贫瘠，还代表着教育的落后与无奈。然而，也正是这一次选题的操作，让我发现了荒凉的黄土高坡上所孕育的希望，一枚倔强燃亮的星火正在蓄势燎原。

一所地处黄土高坡上的学校——兰州市榆中县中连川小学，也就是这部电影的原型。学校有个身兼音乐、体育、美术多项课程教学任务的校长马安武，他用看书学来的足球技能，开展了校园足球课程最初级的教学。

谁在山里种个“梦”

小学校的早晨，是从马校长手里这两根弦子开始的。他习惯坐在学校边的土坡上，用他那首自学的苦情慢板把太阳从纵横的沟壑里拉扯出来。在每一个崭新的日出里醒来，他都会带着足球队的孩子们在门前的这条马路上晨跑，他要他们知道，将来，就是要从这条路上，跑出大山。

山里的生活是单调的，晚上 8 : 30 睡觉，早上 6 : 00 起床晨练，已经成了小足球队员们难以改变的生物作息。时间的影子，在球场上被拉得悠长，因为这颗旋转的足球，在这平淡无奇的黄土高坡上，匆促的时光显得充实而丰盈。

地处在黄土高坡上的中连川小学，海拔 2300 多米，常年干旱少雨，孩子们在他们仅有的半块足球场地上训练，总是小心翼翼，因为一脚踢出去，少说也要半个多小时才

能把球捡回来。这片硬朗的黄土地，即便不起风沙，一场比赛下来也会满身尘土。而水，是陕北人民最珍视的资源。

第一次带摄制组进山，我们看到了半山腰上人们用桃树种下的一个大大的“梦”字。透过窗外的尘土飞扬，你似乎可以感受到山里人们对于美好生活的向往与渴望。

马校长骄傲地说，孩子们踢球虽然初级，但是很优秀，恒大足校曾经在学校里选中了十几个孩子，可除了一个免费名额之外，其他都需要交1万块钱的学费，所以，只有一个孩子因为足球走出了大山。于是他开始了漫长的求教之路。

他说，兰州麦斯力足球队里的外籍教练们，是上天赐给这些山区孩子最意外的礼物。作为中连川小学的志愿者，球队翻译马泰、巴西外教石忠霖以及巴拿马守门员小罗，每次进山都要在一条离兰州市区不过几十公里的山路上往

返颠簸五个多小时。但他们仍然保持着每月两次的频率。

如果说是马校长给孩子们铺了一条足球之路的话，那么麦斯力球队的外教，就是带着孩子们走出大山的人。为了让孩子们在镜头前有更好的表现（是的，当年我最初的想法还是出于一期电视作品内容的丰满），摄制组与麦斯力球队把孩子们带上了去往兰州的汽车，也是在这条出山的路上，作为栏目导演的我内心在发生着缓慢地变化。孩子们并没有想象中的欢呼雀跃，而是默然地等待着那个即将面对的陌生城市里未知的挑战。

车子，以 40 迈的时速行驶在坑洼不平的路面上，朝着太阳的方向，跑出大山。随球队出去比过赛的李建亨算是见过些世面的，他说，他上一次去兰州，是在前年。

在兰州的体育馆里，孩子们第一次知道，原来足球比赛也可以在木地板上踢。他们第一次知道什么叫五人制，第一次看一场正规的职业球队联赛，第一次战战兢兢地站在了专业球场的正中央。即便是一场垫场赛，对于中连川小学的孩子们也是难得的机会。短短的十分钟，也要分成两组轮换上场，在这个拥有上千观众的赛场上，他们兴奋得忘记了紧张。

年轻的小罗是孩子们最喜欢的朋友，他爱用蹩脚的中文给孩子们训练、吹裁判、加油。而中文极好的马泰总是跟在总顾问石忠霖的身边，随时分享着这位巴西教练对于孩子们专业的嘱托。

那场比赛小队员们毫无悬念地输了，但是，我知道我们之间的故事，才刚刚开始。

山里的孩子

山里孩子的周末大多是在农活中度过的，幼小的肩膀，过早担起命运的责难，却从未追问，生活的因由。在还未开始播种的早春，家里仅有的两只羊羔和一头毛驴，就是李建亨家务的重心了。

李建亨的家在离学校15公里远的大湾村，即便是选择住校后，他也不得不每周在这条蜿蜒的山路上步行往返。在这片贫瘠的土地上，可以去读书的李建亨算是幸运的，还有更多的孩子，被这一条条交错狭长的路缠在了黄土地里。

因为是校队队长，李建亨成了马校长推荐给我们的家访对象。

在李建亨的家，我们拍到了中国最传统的窑洞。

“您觉得他踢球影响学习吗？为什么支持他踢？”

“我支持他踢球，没别的能让他高兴。我的孩子他是年级第一。”

“您一家人一年的生活费用大概是多少？”

“如果你现在开着机，那我就说2000吧，说1000显得有点太少了。”

这是我职业生涯里很难忘记的两句采访对白。2015年，一个中国山区质朴的农民，在镜头前努力维护着她的尊严和体面。在她心里，1000元钱，是她一家4口人一道难以跨越的沟壑，以至于后来，每每我的公益演讲说到此处，都还是会忍不住哽咽。

为了做好这期专题，我和我的团队三次自费往返中连川，拍到最后，目标早已不仅在这期专题上。或许我们每个人，都在努力地想要帮助孩子们浇灌好这个“梦”。我把他们带回北京，带进演播室，带到清华校园，带入公益活动……

整期专题我用这样一段话收尾：“逆境和贫苦只要能激发起生命的力度，那么所收获的财富便可供你享用一生。滚动的足球，承载着山区孩子多少梦想，在这条足球的路上，孩子们渐次启程，去竭力拥抱这条崭新的出路。”我们虔诚地希望，这颗倔强的足球可以在带给孩子们快乐的同时，也能给他们一条向上攀升的通道，一条通往山外的路。

一个电视专题片的衍生效应

再一次踏上中连川，山上的“梦”已经死了一大半，只剩下干枯的枝丫，戳在荒凉的山岗上。

学校已经改头换面了。

那一期节目，引起了国家教委和社会各界的广泛关注，开始为中连川小学递送温暖，捐款捐物，学校盖起了崭新的教学楼，铺上了塑胶操场；带到北京做节目的小队员经过竞赛选拔，被基金会赞助去英国的足球学校培训；政府给予大力支持，榆中县有望建设足球学校；球队有了赞助商，马校长带着孩子们各地比赛南北征战……

大量让人欣喜的讯息接连不断扑面而来，我第一次如此具象地感受到媒体的社会效应与价值。

于是我开始与兰州市足协主席（麦斯力足球队负责人）谢鹏、兰州市文联主席汪小平前辈一起策划，酝酿着以中连川小学为原型，将这个边远山区的校园足球故事搬上银幕。让更多的山区少年，找到成长的动力。

还记得，始终致力于推动中国校园足球运动的名宿金志扬老先生在我们的栏目里说：“这不仅是一颗小小的足球，更是中华民族团结合力的象征与希望，少年强则国强，我们不是要让每一个孩子踢成足球明星，而是希望通过足球这项运动来发展我们整个校园体育领域，让孩子们通过这项运动强健体魄的同时，锻炼意志，茁壮成长！”

电影，是生活的缩影与升华，山坡上的梦没了，可经过 4 年的努力与筹备，我们心里的梦却开出了花朵。《足球·少年》终于在祖国 70 周年诞辰之际成熟落地，开机、杀青。也希望谨以此片，为祖国献上一份最年轻的贺礼！

原《 少年足球说——星火征途 》摄制组

导演：张楚乔

摄像：王斌、李春阳

录音：张小兵

张楚乔

《足球·少年》联合出品人

马术世界冠军

前中央电视台体育频道新闻部特别节目组导演

现越江山（北京）体育文化传播有限公司 CEO

北京华娱千秋影视文化传播有限公司创始人

专题片《少年足球说——星火征途》花絮照

电影《足球·少年》剧照

1-4场交叉剪辑

1. 李庄小学操场　日　外

蓝蓝的天空下，一颗足球腾空而起，镜头随足球落下，小学的绿茵场上一群孩子在进行一场激烈的足球比赛。

足球被一队穿着整齐的孩子控制着，后面追赶着的是一群穿着各异的孩子，使劲追赶着也碰不到球。

球场边，高有才（马连川小学体育老师）歇斯底里地乱喊着。

2. 体育馆　日　外

某足球队主力秦哲在绿茵场上飞驰，看了一眼等待自己传球的队友，他狡黠一笑，飞起一脚，球换了角度，直奔对方球门飞去。

球进了。

观众都起立欢呼。

秦哲奔跑着，亲吻着球衣，向观众飞吻。

他在队友面前不可一世，略身过去，队友表情复杂。

秦哲继续向前奔跑着……

3. 教育局门口　日　外

马连成校长从教育局大门匆匆出来，不停地和路过的人打招呼。

教育局门口，马校长着急地骑上自己的小摩托，飞驰而去。

4. 县城路上 日 外

马校长骑着摩托车在县城的街道上左突右闪。

马路上，红灯上的数字不停地变化着。摩托车上的马校长焦急地等待着，等红灯终于变绿时，马校长的小摩托噌地一下冲了出去。

5. 李庄小学操场 日 外

马校长一路小跑，呼哧带喘地冲进了操场找到了高有才，看到记分牌已经是5：0了，拍了高有才一下，生气地说：咋能差这么多呢？

高有才着急地说：你咋才来呢？马校长，咱就这水平，我有啥办法。

马校长无奈地继续望向操场。

一声哨响，记分牌上5：0定格，比赛结束了。

赢了的李庄小学队着装整齐划一，欢欣鼓舞，主办方给赢了的队员一人发了一双球鞋。

输了的散兵游勇们落寞地走到马校长身边。看着对手的奖品，懊恼不已。

孩子们一双双哀怨的小眼睛，看着校长，马校长爱惜地用粗糙的大手摸了摸孩子们的头，说：咱回呢。

6. 山路 昏 外

群山叠嶂，夕阳西下，春天的黄土高原绿意不浓，偶尔有几棵小草，野花，随风摇摆，一条土路漫漫延伸。孩子们坐在拖拉机上，都闷声不响，路边气氛有些沉闷。

马校长骑着自己的小摩托车，像一只斗败的领头羊一样带着路，有些丧气地走在前面。后面跟着一台破旧的拖拉机，车斗里装满了苞米秆，还坐着刚才垂头丧气的孩子们和他们的体育老师高有才。高有才抬眼看了看低着头的孩子们。

高有才：你说说你们，一个个的，整天嚷嚷着踢球，一天到晚在我面前跑得跟兔子一样，关键时刻踢球咋就追不上呢？

孩子们默不作声，高有才把目光转向孩子们的脚上，叹了口气。

高有才：还是要好好踢，咋说赢了还能给自己挣双鞋呢！

马校长边骑车边思索着，忽然一个急刹车，停在了路中间，后面紧跟着的拖拉机也赶紧停车。

马校长朝着车上喊：高有才，你怎么教的？我带娃们出来，最差也是4 ∶ 0，你这回破纪录啦！

高有才不服气地回嘴：那他们跑不快还能怨我！

马校长：那你是教练，不怨你怨谁？

高有才：我是语文老师，也不是体育老师，校长你有本事找专业教练呀？

马校长被怼得无话可说，生气地发动摩托车。

摩托车又带头行驶在土路上，后面跟着拖拉机，越走越远。

7. 石湾小学 昏 外

坐落在山路中间的石湾小学，从远处看，早已失去了往日的色彩，只有旗杆上的红旗随风飘扬，成了最亮眼的一抹色彩。

石湾小学门口，女老师王菊兰带着学校里剩下的孩子，兴高采烈地等待着球队归来，远远的，摩托车出现在大家视线里。

王菊兰：快，孩子们，他们回来了。

孩子们像是接到命令般，使劲地鼓起了掌。

马校长开着摩托车，路过了王菊兰，并没搭理她，进了校门。

后面的拖拉机也停在了学校门口，高有才先跳下车，低头进了学校。

王菊兰把视线转向从拖拉机上跳下的孩子们，看着一个两个的下来，都灰头土脸，垂头丧气的。

王菊兰轻轻地叹了口气：唉，这是又输了。

8. 酒吧 夜 内

嘈杂的酒吧内，灯红酒绿。

一个穿着妖艳的女子扭动着腰肢，手捧酒杯走向了坐在一旁的秦哲。

秦哲被一群男女簇拥着，群星捧月。前面的桌上堆满了空瓶，秦哲已经喝得有些醉了。

女孩给秦哲递过一支口红，笑着对秦哲说：足球小王子，给签个名呗。

秦哲接过口红顺势在女孩衣服背后签了名字。

女孩转过身兴高采烈地凑过来，在秦哲脸上留下了一个正红的唇印，激动地离开了。

酒友甲笑着（起哄）：可以啊，这球踢得太值了。

酒友乙：今天就你那行云流水的脚法，唬得对面都不知道球门在哪了。

秦哲满脸不屑：要不是那帮猪队友，今天能上演帽子戏法。

队友突然爆发：秦哲，你不要太狂妄了，按你这么说，球是你一个人踢的？

秦哲狡黠的表情又一次出现：哥们儿，我还真是不用你，有你没你都差不多！

被触动伤心处的队友一生气，手里一杯酒扬在了秦哲脸上。

秦哲脾气火暴，二人打了起来。

周围的人赶紧拉架，现场混乱不堪。

9. 石湾小学学生宿舍　夜　内

简陋的宿舍环境，陈浩轩等五六个孩子四仰八叉地躺在硬木板床上，一个脏兮兮的足球扔在大通铺上面。

王菊兰轻轻推门进来，疼爱地看着孩子们。

陈浩轩猛地一蹬（呓语）：射门！

王菊兰微微一笑：做梦还踢球！

王菊兰说完走到窗前，把孩子们露在外面的一个个小脚丫小胳膊藏进被窝。

10. 马连成办公室　夜　内

马连成翻看着手中球王贝利的传记，思索着，叹息着……

忽然电话响了。

马连成接起电话。

马连成：喂！

电话（OS）：马校长，前几天跟您说的孩子转学去城里的事成了，娃明天开始就不去了。

马连成：成呢，转到城里好好上！

马连成眼中透露出一丝紧迫感。

操场上，马连成望着简易的球门思考着……

11. 马路上　夜　外

昏暗的路灯下，清洁工人已经开始一天的工作了，红灯亮起时，一辆车毫无顾忌地飞驰而过。

车内的醉眼蒙眬的秦哲，手上和嘴角都有些血迹，显然这是刚才酒吧的“战利品”。他努力地睁着双眼，看着前方，突然拐角处一辆自行车出现，秦哲猛打方向盘，急转刹车，汽车撞在自行车上。

远处的清洁工听见动静，扔下扫把，冲了过去。

12. 空镜　日　外

朝阳下的石湾小学传出孩子们阵阵的读书声：

春——
是鲜花的笑脸，
是泛着淡淡新绿的柳枝在舒展筋骨，
是草儿睁开了蒙眬的睡眼看世界；
春——
是天空中摇曳着的形形色色的风筝，
是那手牵风筝线在山上跑来跑去的孩子……

13. 小山村，张鹏宇家 日 内/外

略显破落的屋子里，一老一小吃着早饭，张鹏宇狼吞虎咽地扒拉完碗里的饭。

爷爷：我的娃，吃慢些。

张鹏宇：爷爷，我早上给你拿回来的药你记得吃，晚饭我回来做。

说完背起自己的破书包，急匆匆地跑出了门，爷爷心疼地看着他远去的背影。

14. 石湾小学操场 日 外

十多个足球队的孩子站在操场上，低着头，只有陈浩轩一脸的不在乎。

高有才站在孩子们面前训话。

高有才：上个星期和李庄小学的比赛，依我的经验和观察，咱们主要还是输在速度上，还是跑得不够快，让人连进了五个球！所以，咱今天主要的训练课程，还是跑步。

陈浩轩听完，忍不住跳出来：得了吧，老师，依我的经验，除了跑你就不懂其他的战术，就知道让我们一股脑冲上去抢球。

其他几个大胆的同学也低声应和着。

高有才：谁说我不懂战术，先给我做体能训练去，每人500个青蛙跳，做不完中午不准吃饭，陈浩轩，你给我数着。

小队员们不情愿地开始蹲下青蛙跳。

高有才生气地扔下学生，扭头离开了，不远处，抬头碰见了才赶来的张鹏宇。

高有才气得直瞪眼：张鹏宇，怎么又迟到！

张鹏宇咬紧嘴唇不说话。

高有才：问你话呢！哑巴了啊！

张鹏宇继续默不作声，大家哄笑，高有才觉得有点没面子。

高有才气冲冲地走开了。他一离开，学生们哄地也散开了，冲到旁边一棵人榆树下，人把人把撸着榆树钱，津津有味地嚼起来。

15. 石湾小学教室内　日　内

王菊兰老师正在上数学课，在黑板上画下了几个梯形。讲解着计算梯形面积的公式。

下面已经没有几个学生了，坐在窗边的一个胖胖的小女孩孟晓妮，显然也没有好好地听课，看着黑板上的梯形，开始神游。旁边的张鹏宇认真地听着，记录着。

孟晓妮感觉那个梯形变成了一个足球球门，自己神勇地守在门前，一个接一个地抱住了对手踢过来的足球。

王菊兰看到了孟晓妮溜号，停下了讲到一半的公式，突然开始点名。

王菊兰：孟晓妮！

正在神游的孟晓妮突然听到自己的名字，愣了一秒，赶紧起立。

孟晓妮：到！

16. 马连成办公室　日　内

马连成在办公室喝茶看报，突然一口热茶烫得喷出来，激动地看着报纸上的一角。

报纸特写：足球新星秦哲酒吧闹事伤人，醉驾肇事被球队开除。

高有才骂骂咧咧地进屋：校长，咱们这些学生根本不是踢足球的料……

马连成：赢不了那是你这个教练草包！娃娃们都是好苗子，你少拿他们当借口。

高有才：我本来就不懂足球，还不是你非要我当教练。有能耐你找一专业的来。

马连成：你当我找不来？

说完，马连成开始谋划起自己的大计来。

高有才不屑地撇了撇嘴。见马连成半天不搭理自己，自觉无趣，转身出门。

马连成忽然：站住！

高有才吓一跳：还有啥事？

马连成：身上有钱没有？

高有才：你是校长，你管我借钱。

马连成直接上手从高有才身上的口袋里搜钱。

17. 土路　日　外

还是那条通往县城的土路。

马校长骑着小摩托，前车把上挂着两只扑棱棱的老母鸡。

马校长一脸神往，加速行驶，留下一片暴土扬长。

18. 文体局　日　内

文体局的走廊上。

马连成提着两只鸡，追赶着提着暖水壶的老常。

老常走进办公室，进了门，砰的一声把门关了，险些夹了马连成的手指头。

马连成：我说老常啊，我又不是癞皮狗，你用得着这么躲着我吗？

门内，老常：你虽然不是癞皮狗，但你是个倔驴。老马，我再跟你说一遍，别的都好说，就这足球教练的事，我是真给你找不上。

马连成：呀，你想多了。我这次来，不是让你给我找教练，我是请你来喝酒的。

老常疑惑地：喝酒？

19. 县城某小饭店　日　外

店小二端着盘扎扎实实的大盘鸡放到桌上，打趣地说：老马，以后这带料加工的事，我可不干了啊。

马连成打着哈哈：那你不还挣我酒钱呢吗？

小二无奈地走开了。

老常：两只鸡，咱俩哪能吃完呢？

马连成：呀，吃不完你打包带着，喝上喝上。

老常酒杯一放：就他现在这样子，犯过错误的人，你还请他去当教练，你是不是糊涂啊？再说，现在外面的人啊，都叽叽喳喳地议论着他呢，他估计也不愿意出这个远门。

马连成：那可不好说，再说他可是你一手培育出来的好苗子，你记不记得刚开始训练秦哲的时候，成天在我面前吹牛，说自己以后会是冠军球员的师父，那时候秦哲也是个十来岁的小娃娃，就和现在石湾小学里的孩子们差不多大，想当年你为了培养他，磨破的鞋不比我少几双，就忍心看他这么毁了？其实我不光是想给孩子们请足球教练，也是要给一个年轻有天赋的球员一个重新开始的机会啊。

老常略显犹豫，叹息。

马连成见缝插针：再说，咱们认识这么多年了，我那点心思你也知道，我出来找你，你也别老说没办法，你就当帮我一个忙……

老常看着执着的马连成，忽然被感动了。

20. 某小区，秦哲家门口　日　外

楼道内，马连成手拿着一张纸条，认真地比对着，脸上突然有些兴奋，平复了一下心情，伸手按了按门铃，门铃响起，马连成满怀希望。

一下、两下、三下，直到他确认了家里应该是没人。

马连成开始等候，渐渐地他睡着了。

21. 小区门口　昏　外

秦哲匆匆走回，显然失去了往日的光彩，曾经脸上的桀骜也换成了无助，他轻轻地扫视了一下周边，似乎在躲闪着什么。

旁边看孩子的几个阿姨认出了他，也并没有打招呼，议论着什么。

阿姨甲：以前都上过电视的人，现在成了这个怂样子。

阿姨乙：那能怨谁，怨自己张狂呗，大好前程就这么毁了。

秦哲显然听到了她们的议论，头埋得更低了，匆匆走进了楼道。

22. 楼道内　昏　内

上楼的脚步声惊醒了马连成，秦哲一出现，马连成便认出了他。

马连成：秦哲，我可算是等到你了。

秦哲：你谁啊，咱俩认识吗？

马连成：你不认识我，我认识你，是常教练让我来的。

秦哲疑惑地进了门，马连成随后跟了进去。

23. 秦哲家屋内　昏　内

秦哲进屋，马连成也跟着进来了。

马连成环视着脏乱的屋子，横七竖八的酒瓶子，桌子上都是外卖餐盒和吃剩的垃圾。

秦哲一脸不耐烦：快说，师父让你找我干啥？

马连成这才反应过来，说起此来的目的。

马连成：我叫马连成，是石湾小学的校长。是这样，我们小学组建了一支足球队，现在缺一个足球教练，我想聘请你去当教练。

秦哲上下打量了一下土气的马连成，冷笑了一声。

秦哲：不当。

马连成继续絮叨：你是不知道，我们学校的孩子真的都特别优秀……

秦哲又打断：不当。

马连成：你听我把话说完，具体情况是这样的……

秦哲：不当。

马连成被噎住了。

秦哲：没有别的事，你可以走了。

马连成：我不走。

秦哲：好，你不走我走。

秦哲抬起脚径直往门外走，马连成也跟了出去，谁知马连成刚出门，秦哲虚晃一枪，转身回屋把门关上了。

马连成被锁在门外，一脸尴尬。

24. 秦哲家门口　夜　外

晚上，秦哲开门出屋，门缝中出现一个人，一副嬉皮笑脸的样子。

马连成：嘿嘿，出门啊！

秦哲一愣：我话说得还不清楚吗，你这人属癞皮狗啊。

马连成：你说得对着呢，你师父也这么说我，实话跟你说了吧，你不答应我，我就不打算走了。

秦哲自顾自地走了，马连成赶紧跟了上去。

25. 路上　夜　外

路上路灯昏暗，行人寥寥。

秦哲在前面走着，马连成不远不近地跟着。

26. 小酒馆　夜　内

小酒馆内，昏暗的角落里，秦哲自斟自饮，电视上播放着球赛，秦哲看了几眼，显然对赛况不满意。大口地喝着酒，掩饰着自己的烦躁。

马连成在秦哲不远处坐着，翻着一张酒水单，看价格，直皱眉头，酒保不耐烦。

酒保：想好点啥了吗？

马连成：来碗牛肉面。

酒保拖长了声音：这里是……酒……吧。

马连成：我一天没吃，饿了，空肚子不能喝酒。

酒保一把抢过酒水单，没好气地走开。

马连成无奈，起身离开，不远处的秦哲又灌下一大杯酒。

27. 街边小卖部　夜　内 / 外

马连成：老板，来个方便面，给泡上。

小卖部外，马连成端着一碗泡面，稀里呼噜地快速往嘴里刨着。

28. 酒吧内　夜　内

马连成刚迈进酒吧门口，便看见醉醺醺的秦哲已经揪住了酒保的脖领子。

马连成愣住看着秦哲。

秦哲：我就再问你一遍，我说他们踢得没我好，你到底承不承认？

酒保：我说你是疯了吗，我都跟你说几遍了，这踢得好不好跟你有半毛钱的关系吗，踢得好那是以前，你有能耐现在咋不去踢了。你倒上杯酒照照自己现在作成了个啥熊样子。

秦哲大怒：连你都敢教育我！

说罢，秦哲一把将酒保推倒在地，掀翻了桌子，马连成赶紧上前。

酒保：我看你没带着脑子，一回不长记性，还想来二回。

酒保对着旁边人说：赶紧报警。

马连成赶忙打个圆场：哎，别报警别报警，这是我朋友，喝多了，您别跟他较劲。砸坏的东西我赔。

29. 秦哲家 夜 内

马连成看着昏昏睡去的秦哲，摇摇头，帮忙收拾桌子上的垃圾。

都收拾干净了，马连成坐在沙发上休息，忽然想起了什么，他从口袋里摸出一张纸条放到桌子上，是赔偿小酒馆东西的收据，上面写着“收到马连成代替秦哲垫付赔偿金600”。

马连成（心疼）：砸破几瓶破酒就要赔这么多钱，都能给娃娃们买多少新足球新衣服了。

秦哲醉得昏昏沉沉，翻个身继续睡。

马连成看着字条和呼呼大睡的秦哲，突然灵机一动，从口袋里摸出笔，模仿笔记在600后面加了一个“0”，补上一个“元”字。马连成露出了狡黠的微笑。

30. 秦哲家 日 内

宿醉清醒后的秦哲扶着昏昏沉沉的脑袋，发现屋子里收拾得干净整齐。

马连成靠在沙发边上呼呼大睡，秦哲摇晃马连成。

秦哲惊讶地：你咋进来的？

马连成醒来：背你进来的。

秦哲：那你现在可以走了。

马连成：你这娃娃，咋不知道感恩呢，没我你昨天就睡派出所了。

秦哲有些惊讶，努力回想，但是宿醉让他什么都想不起来。

秦哲揉着疼痛的额头驱赶马连成。

秦哲：行，感谢，感谢！反正你说的事我是绝对不会去的，快走吧。

马连成：我看你整天在家也不是个事，你就权当到我们山里呼吸呼吸新鲜空气了。

秦哲：别说了，我不会去的。

秦哲向洗手间走去。

马连成有些无奈，从兜里掏出欠条，递给秦哲。

马连成：那这个……

秦哲转回身：什么？

马连成：你昨天掀了人家桌子，给人家弄得乱七八糟的，我替你赔上的。

秦哲接过纸条，收据上的6000元非常刺眼。

秦哲：这么多！我还你！我秦哲欠命都不欠钱。

马连成：钱，我是不想让你还了，只要你答应能上我们那待上三个月就行。

不等秦哲回应，马连成迅速说道：榆中县的石湾小学。

说完马连成转身出了门，秦哲看着马连成离开的背影，愣在那里。

31. 楼道外　日　外

马连成刚出了楼道门，忽然又想到了什么，急忙从兜里掏出了手机。

马连成：喂，老常啊……边走边说着离开了。

32. 秦哲家　日　内

秦哲的电话铃声响起。

秦哲接起：喂，师父……秦哲静静地听着。

（画面渐隐）

33. 山路上　日　外

山路上，马连成骑着小摩托车，满面春风，喜悦的表情，仿佛在憧憬着什么。

远处驶来的一辆出租车停在了身旁。

从车上走下一大一小两个人。

家长：呀，马校长你这是干啥去了？

马连成：我进城办了点事！

学生：校长好！

马连成：好好好！你转到城里念书好着呢吧，习惯不？

家长：嘿，习惯呢，老师说你教下的底子好，能跟上！

马连成：那就好！

孩子嘟囔着：就是离家有点远！

马连成若有所思：那赶紧走吧，路上还远着呢！

家长：行，那我们就走了！和校长再见！

孩子：校长再见。

说罢，对马连成深深地鞠了一躬。

马连成：再见，好好学！

马连成望着远处的汽车收起了笑容，表情有些复杂。

34. 石湾小学教室　日　内

教室里，脚下放着足球的陈浩轩并没有认真听课，眼神时常瞟向窗外，徐飞等几个踢球的孩子互相交换着眼神，黑板前刚写完数学题的王菊兰转身发现了他们的小动作。

王菊兰：下课！

几个孩子像听到命令似的抱起球转身就跑。

王菊兰：站住！

几个孩子怯怯地站回座位。

王菊兰：站墙边去。

孩子们不明所以地站到了墙边。

王菊兰：听见下课铃了吗？踢球踢球，就想着踢球，支持你们踢球，文化课学不好，能踢好球吗？你们要是只顾着踢球耽误了文化课，你们的父母就会认为你们是沉迷于玩乐不务正业。我告诉你们，要是文化课学不好，你们也一定不会踢好球，以后上我的课，不许把足球带进教室。听到没有？

陈浩轩和徐飞：听到了！

这时下课铃响。

王菊兰：你们一个个的都好好想一想，这会儿真下课了！

说完抱着教材走出教室。

孩子们偷瞄着刚走出教室的老师，仿佛忘却了刚才的训话，一窝蜂地冲出了教室！

35. 石湾小学操场 日 外

皮球在孩子们脚下滚来滚去，孩子们训练得热情高涨，但是完全没有章法。陈浩轩拿球一通乱踢。陈浩轩飞起一脚，皮球落到了坐在球场边发呆的张鹏宇头上。

陈浩轩：张鹏宇，把球给我拿过来。

张鹏宇没有动，反而嘟囔了一句：眼睛不好使啊。

陈浩轩气愤地跑过去：你个没娘娃，说谁眼睛不好使啊？

张鹏宇：你说谁没娘娃？

陈浩轩：就说你，没娘娃！没娘娃！

愤怒的张鹏宇抱住陈浩轩，两人滚到地上，撕打起来。

孩子们围着二人：别打了，别打了。

刚进门的马连成看到这一幕，从摩托车上跳下来，将他们拉开。

马连成：能耐了啊，还打上架了，陈浩轩，张鹏宇，你俩说说为什么打架？

张鹏宇：马校长，他踢球打到我头了，让我捡球我没捡，就骂我没娘娃。

马连成举起手，巴掌落在陈浩轩的屁股上。

马连成：陈浩轩，你再这么骂人，还揍你，赶紧向张鹏宇道歉。

陈浩轩抬头看着严厉的校长，又看了看眼含泪水的张鹏宇，意识到了自己的错误。

陈浩轩：对不起。

张鹏宇嘟囔着：接受。

马连成：这样才对嘛，你俩握个手。

两只小手握在了一起。

马连成：好了，孩子们。

马连成摸着孩子们的头，语重心长地说：孩子们，你们知道这踢球，最关键的是什么吗？最关键的是团结。这学习上、生活上、球场上都是一个道理，都跟这皮球一样。我们的终极目标也就是那球门，只要掌握了真本事，甭管皮球怎么滚动，只要到了火候，狠狠地踢上一脚，球就进了，我们的目标也就达到了，大家说，是不是这个理啊？

孩子们一张张稚嫩的小脸上露出崇拜的眼神，异口同声地说：是。

马连成：行了，接着练吧。

马连成飞起一脚，将皮球踢到远处，孩子们嬉笑着蜂拥而去。

36. 村口汽车站　昏　外

秦哲下了公共汽车，背着一个简单的背包。他看了看车站牌上的几个字：石湾村。

正有些茫然不知方向，开走的公共汽车，喷了他一脸黑灰。秦哲厌恶地扇了扇灰，向村口走去。生活在城市的秦哲很少踏入农村，低矮的房屋让他有些震惊。

秦哲走在村间的小路上，迎面走来牧归的羊群，秦哲连忙躲闪到旁边。

秦哲：老乡，石湾小学怎么走？

牧羊人停下脚步，观察着秦哲。

牧羊人：你是从城里来的？学校就在前头呢，你从这往前走，右手边转个弯，再转个弯，爬上那个坡坡，就到了。

秦哲：谢谢。

秦哲看着地下羊群留下的一串串羊粪蛋，让他无从下脚。秦哲踮起脚尖，躲闪着、选择着继续向前走着。

37. 张鹏宇家院子旁　昏　外

属于张鹏宇自己的小球场上，张鹏宇在练着球，脚法青涩，控着球，一脚踢到了不远处悬挂在梨树下的轮胎。轮胎摇摇晃晃，开满白花的梨树被震下片片落英，夕阳逆光下非常美丽。

远处的秦哲看到这一幕，若有所思地离开了。

38. 石湾小学门口　昏　外

学校门口，低垂的夕阳把马连成的身影拉得格外的长，他焦急地等待，不时地眺望着远方，一会儿又看看手表。

远远的逆光中，走来一个熟悉的人影，马连成喜出望外，三步并作两步地奔了过去，一双大手紧紧地抓住秦哲。

马连成：秦教练，我就知道你一定会来。我都等了三天了。

秦哲厌恶地抽出了手：我这人欠命都不欠钱，但说好了，我只当三个月教练，三个月一到我就走，多一天都不干。

马连成：成呢，成呢！就三个月！宿舍都已经收拾好了，快进屋歇着吧。

马连成领着秦哲往学校里面走。

（渐隐）

39. 秦哲宿舍　夜　内

不大的宿舍虽然破旧，但很干净。秦哲躺在床上，静静地望着房顶的灯泡，一只飞蛾，为了逐光，绕着灯泡飞来飞去。秦哲静静地看着，若有所思。片刻，他拉灭了电灯。

40. 马校长宿舍　夜　内/外

马校长宿舍的窗口亮起了灯。

马校长忽然翻身下床，轻轻地开了房门，观察了门外一眼，钻了出去。

41. 马校长宿舍门口　夜　外

马校长左顾右盼了一下，偷偷摸摸地小跑着向后面的宿舍摸去。隐没在黑暗中。

42. 王菊兰宿舍　夜　内

王菊兰刚洗完脸准备脱衣睡觉，忽然听见轻轻的敲门声。

王菊兰问：谁呀？

马校长轻声地：我！

王菊兰：校长，这么晚了，啥事呀？

马校长：睡下了？

王菊兰：还没呢。

马校长：开门说。

王菊兰疑惑地走向门口……

43. 马校长办公室　夜　内

透过窗户依稀看到马校长在红纸上写着什么，王菊兰、高有才两人在旁边忙活着。

44. 石湾小学操场　夜　外

寂静的操场上，三个人影在虫鸣声的伴奏下忙活着什么。

45. 石湾小学操场　日　外

操场上，秦哲身后红纸上，“热烈欢迎秦教练”的几个大字显然是昨天晚上他们三人为了秦哲的到来而精心准备的。秦哲环视着眼前的孩子们和三位朴素的老师，一双双眼睛中透出的友善而又期待的目光并未换来秦哲的感动。

马校长观察着秦哲，清了清嗓子：孩子们，这就是我从县城请来的秦教练，从今天开始，就由秦教练带领大家练球。我相信，在秦教练的指导下，我们三个月踢出个好成绩的梦想不是没有可能的，大家鼓掌！

孩子们高兴地扬起小手鼓着掌。

秦哲看向孩子们，认出了昨天在路上遇到的张鹏宇。

马连成：下面，我们以最热烈的掌声请秦教练讲话。

掌声再次响起。

秦哲伸手示意掌声停下。

秦哲：马校长，还是先看看孩子们的素质吧。

马连成喜悦的表情迅速转为尴尬。

马连成：对对对，先看素质，你们都往后退一些，我叫谁谁过来。

孩子们往后退着。

秦哲站在边上静静地看着。

马校长扯嗓子喊：徐飞！

徐飞快速地跑到秦哲面前：到！

马校长：你给跑一个。

徐飞像兔子一样绕着操场跑起来，秦哲不解地看着。

马校长走到秦哲身边，介绍着：这个愣小子叫徐飞，别看他呆愣愣的，跑得可快了。

秦哲顿了一下：下一个。

马校长：马小宝！

马小宝：到！

马校长：你，跳一个。

马小宝如接到命令似的玩命地跳着青蛙跳。

马校长：这娃，就擅长个跳，来上500个青蛙跳没啥问题。

秦哲：再下一个。

马校长：陈浩轩！

陈浩轩：到！

马校长：你给教练颠个球。

高有才将皮球掷给陈浩轩，陈浩轩有模有样地颠起了球。

高有才、王菊兰、马连成不约而同地向秦哲脸上投去了期盼的眼神，秦哲脸上的表情显然没有那么认可。

马连成刚要喊下一个，秦哲打断了他。

秦哲：行了，看看配合吧。

高有才一声哨响，会踢的孩子自然地分成两个队，乱哄哄地疯抢着足球。

高有才大声地喊叫着：配合，配合，就这么踢，使劲抢。

人群中的孟晓妮喊加油喊得格外用力，球场上孩子们使出浑身的解数，尽力地展示着自己。

马连成兴奋地说：咋样，秦教练，我说孩子们都是好苗子吧，你说踢得咋样吗？

秦哲：行了，不用踢了。

马连成：咋了？

秦哲：瞎踢。

高有才听闻，识时务地将哨子套在了秦哲脖子上。

46. 校长办公室 日 内

马连成给秦哲倒了杯热水，放在了桌上，没说话。

二人沉默了片刻。

秦哲：马校长，我欠你的我肯定还，但这些学生我真教不了，就这基础，球王贝利来也白费！

马连成一愣。

秦哲：我就不明白了，你哪来的勇气，非得让这帮娃娃们踢球。

马连成：我的勇气就是你刚才提到的球王贝利，他的故事人人都懂，我也希望这帮娃娃们也能出个贝利那样的人。

秦哲：不是我笑话你，你这个梦想可有点大！

马连成：哎，大就对了，有句话说得好，心有多大，舞台就有多大，我要是想都不敢想，那不就连可能都没了么！

秦哲：那这种可能性我可给你完成不了，我是个犯下错误的人，没有那个能耐，你还是另寻能人吧。

马连成：那咋了？谁年轻时候不犯错。再说，你球踢得好，娃娃们整体素质也不错，何况，每个娃娃都是白纸一张，你想把他画成啥样就是啥样，我坚信，只要你教完这三个月，全市县小学足球联赛中，拿上个第四名，肯定没啥问题。

秦哲一愣：越说越不着边了，异想天开。说着，转身就要走。

马校长急切地拉住了秦哲。

马连成：别着急，秦教练我就实话跟你说了吧，你知道我为啥厚着张老脸把你请来训练这帮孩子吗？你知道我为啥说破大天，吹下牛皮，三个月拿下第四名吗？

秦哲：说来听听！

马连成：我们这是个农村，老师和学生都一天天地在减少，条件好的娃娃都转到城里去读书了，孩子们越来越少，没有了生源，我们这个学校就要被撤校合并了……

秦哲：撤了不更好么，娃娃们都能找个好地方上学，你们这些老师就可以回城了。

马连成语重心长：是啊，我这年纪也大了，老婆也天天催着我调回县城，可是我舍不得这些娃娃呀，再说，要是学校真撤校合并了，娃娃每天就得走更远的路上学，家里条件不好的，可能也就不读了……

秦哲一愣，目光从马连成脸上离开，落到墙上的课程表上。

排课表上语文、数学、美术、音乐、体育后面授课老师的名字都是马连成、高有才、王菊兰。

秦哲看到最后一行的劳动课（浇菜、喂鸡）。

秦哲怔怔地看着！

突然马连成对着窗外挥着手：走走走，去去去，瞎看啥呢！

秦哲往窗口一看，只见窗口上满满的小脑袋慢慢地退了下去……

秦哲颇有感触，但口气依然很生硬：马校长，你坐下，我可以勉强答应你坚持完三个月，不过，有些问题我还是要跟你谈一谈。

马校长：啥都不是问题，你说……

47. 县城马连成媳妇餐馆　日　内／外

县城餐馆门口，一个中年妇女从三轮车上卸着菜，进进出出的，马连成站在远处，静静地看着，露出歉意的表情，转身离开了。

没到饭点的餐馆内没有顾客，马连成媳妇正在桌前摆弄着餐具，一双手捂住了她的眼睛。

马连成媳妇：松开手吧，我一闻你身上的土味就知道是你个孩子王。

马连成嬉皮笑脸地松开了手。

马连成：媳妇，辛苦了。

马连成媳妇：不是辛苦，是命苦，咋了，太阳打西边出来了，不到节假日，你还知道回家啊，还知道有个我呀。

马连成献媚地说：哎，平时不回，今天这个日子得回呢。

马连成媳妇：啥日子？

马连成：15 年前的今天我娶了你，这你都忘了？

马连成媳妇：不是我忘了，这 15 年来，你从来就没提起过这个日子。

马连成顺势从兜里掏出了两盒面膜。

马连成：给，这是送你的礼物。

马连成媳妇接过面膜，有些感动，但仍抱怨着：15 年了，加结婚那天，加今天，这算是第二次。15 年了，你心里想的只有山上的那帮孩子。唉，人生有多少个 15 年啊？

马连成不好意思地叹了口气，马连成媳妇指指面膜继续说着：无事献殷勤，非奸即盗，今天回来又打什么鬼主意啊？

马连成：呀，瞧你说的，我是刚开完会，专程来看你的，再说了，这非奸即盗，盗……（马连成突然意识到了什么，眼珠子骨碌着）这两点对咱俩来说，哪一点都不过分。

马连成媳妇妩媚地一笑。

马连成：这话都说了半天了，也不给口水喝，我喝个饮料过过瘾。

说完马连成自己跑到收银台前，抄起一瓶饮料咕咚咕咚喝起来，马连成媳妇拿起拖把开始干活。

马连成媳妇：言归正传啊，我问你，你调动的事跟教育局打报告了没？

马连成：打了，我这次回来就是跟老婆大人汇报这个事的，县一小的林副校长年底就到退休年龄了，局里已经答应调我去接他的班了。

马连成媳妇转忧为喜：真的？

马连成：我还能骗你啊？

马连成媳妇：你骗我还少啊？你说我自己开着个小餐馆，一年到头起早贪黑的，挣不了几个钱，还都让你偷出去贴补学生了。你说你调回来了，咋说离得近，也能给我搭把手。

马连成：就是，就是！

马连成媳妇脸上堆满了希望的笑容，继续忙碌着。

马连成趁媳妇不注意，顺手抄起吧台上的小剪刀，在自己裤子上剪下了个洞，故作惊讶地说：呀，这裤子啥时候刮了个洞啊！

马连成媳妇：抽屉里有钱呢，拿上些，走的时候去买上一条。

马连成：成呢。

马连成媳妇：别拿多了啊。

马连成：你拿我当贼防呢，我知道这些钱都是我媳妇一分一分用血汗换来的。说完，他从抽屉里拿出了超出实际数量的一摞钱装进了口袋里……

这一切都发生得那么自然……

48. 县一小　日　外

县一小操场上，一支足球小队穿着整齐划一的训练服，在教练的组织下有序地进行训练。操场上绿草莹莹，都是崭新的训练设备。

有的孩子在进行绕桩练习盘带。

有的孩子在练习颠球。

有的孩子在练习射门。

有的孩子在教练的带领下做着体能训练。

教练吹着哨子：一、二、一……

马连成正爬墙头偷看孩子们训练。看得眼睛都快冒出来了，心里羡慕极了。

保安：干什么呢！下来！

马连成吓得一脚踩空，从围墙上掉了下来，摔了个趔趄。

马连成：喊什么喊？我来你们学校是为了考察考察、学习学习的嘛！

保安：干啥的？考察学习，放着大门不走？偷学也是偷啊！走，保安处说去。

马连成：哎呀，你咋不相信人呢！我是石湾小学的校长。我没想干啥，就是看一眼你们学校足球训练情况。

保安：你是校长？你咋不说你是市长呢！证件拿出来。

马连成摸了摸身上口袋，发现没带证件，尴尬万分。

马连成懒得解释，有些狼狈地走了。

保安颐指气使地：就知道你不是啥好人，快走！学校重地，闲人离远点。

马连成走在路上，给老常打了个电话。

马连成：喂，老常……

49. 文体局门口的路边　日　外

马连成和老常边走边说。

老常：着急找我有啥事儿吗？

马连成：我要谢谢你呢！

老常：谢啥？

马连成：多亏你帮忙，秦哲已经到学校去了，孩子们有教练了，都高兴坏了。

老常听到这儿，顿了一下：哎，秦哲这孩子是好孩子，就是脾气大了点，能不能降住他就看你的本事了，那技术肯定是没问题，就是看你能不能骗出来，三个月的时间，要想出个好成绩，困难还是很多的，就怕他没这个心思。

马连成：有困难要上，没有困难制造困难也要上嘛！

老常：行呢，我倒要看你个老土豆还能发出多少新芽芽。

马连成：走，先吃饭去，边吃边说……

50. 石湾小学　昏　外

土操场上，不远处的王菊兰和高有才观察着秦哲。秦哲懒洋洋地坐在一块石头上，打量着面前高矮不一的十多个孩子们。孩子们也盯着秦哲看。

秦哲：都说说看吧，你们为啥喜欢踢球呀。你先说。

孩子甲不好意思地傻笑，挠头，不说话。

孩子们哄笑。

秦哲：行了，下一个。

孩子乙（方言）：我脑子笨，读书不好，爹老骂我没出息，浪费家里粮食，我就想证明给他看，我也可以成为他的骄傲。

秦哲听得一头雾水，目光茫然看向下一个孩子。

徐飞（紧张）：我、我也不、不知道为啥，踢球、踢球好玩，还能、能不用看书……

秦哲（听得费劲）：你能好好说话吗？平时说话也这么结巴吗？

陈浩轩：教练，徐飞平时说话不结巴，他就是容易紧张害羞。他这人不大爱说话，老是一个人待着，只有踢球的时候才可以和大家玩到一块儿。

秦哲：你叫陈浩轩，是吧？

陈浩轩：没错。

秦哲：你倒是和他们不一样。

陈浩轩：我是城里来的，我爸是石湾村出去的，我上学有阵儿不听话，我爸就把我放回老家，让我在这里忆苦思甜。

秦哲：喜欢踢球吗？

陈浩轩：不喜欢我站在这干吗？

秦哲：为啥喜欢？

陈浩轩：每次进球的时候，全场所有人都会为我欢呼呐喊，我喜欢这种被人崇拜的感觉。

秦哲被触动，愣了一下。

秦哲（苦笑）：场上的欢呼呐喊从来不是只为一个人响起，它不光是给进球的球员，还有一起拼搏的队友……

陈浩轩不等秦哲说完，孩子气地问了一句：教练，校长说你踢球水平高着呢，那为啥你不去踢比赛，跑来这干吗？

秦哲尴尬，不知如何回答。

孟晓妮突然出现，鼓起勇气走到秦哲面前。

孟晓妮：教练，我可以加入球队吗？

徐飞：女娃也可以踢球吗？

秦哲：你会踢球吗？

孟晓妮：不会，但我可以当守门员，我家年年种圆白菜，装车的时候，我妈在底下扔，她扔一个我接一个，扔一个我接一个，我都能接住，我妈说我挺厉害呢，我觉得接球和接圆白菜没啥区别。

孩子们大笑。

陈浩轩：笑什么笑，圆白菜和足球大小差不多。

秦哲（无所谓地挥挥手）：你愿意来就来吧。

孟晓妮（激动地）100度鞠躬，差点把自己折了过去：谢谢教练！

秦哲：陈浩轩，你带着大家去操场跑圈。

孩子们在操场上跑步。秦哲继续懒洋洋地坐着。

王菊兰和高有才看着秦哲等人。

高有才：你看看，他哪有一点足球教练的样子，啥都不教，就知道让孩子们跑步。

王菊兰：高手出招，总是出人意料，哪能都让你看透。我相信他能教好孩子们。

51. 石湾小学　昏　外

马连成推着车进学校，高有才迎上来，神秘兮兮地冲马连成笑。

马连成：你脸抽筋了啊！跟着我做啥子？

高有才：校长，事情办成了？

马连成：办成啥事了？

高有才：还装啥呀，我有同学在教委，我都听说啦，你要去县一小接替林副校长的位置，你放心，我不会告诉其他人。县一小缺不缺体育老师，你把我也一块儿带过去得了。

马连成：胡咧咧啥呢！以后我的事你少打听！娃娃们今天训练得咋样了？

高有才：训练得挺好啊，除了跑步，啥也没干。

马连成一脸疑惑，感到不解。

52. 石湾小学　昏　外

操场上，孩子们正在跑圈。

秦哲漫不经心，正在拿着手机，四处找着信号。马连成在办公室隔着窗户望向操场，看到秦哲漫不经心的样子。

马连成：还真是来混日子的？

秦哲有些气急败坏地说：这糟心的地，信号差成个啥了！

秦哲继续摇晃着手机，从人群中路过的陈浩轩看到跑过来。

陈浩轩：秦教练，走，我带你找信号去。

53. 石湾小学后山坡　日　外

陈浩轩兴冲冲地带着秦哲爬到学校后面的一处土坡上。

秦哲拿着手机观察着，半信半疑地往前走，边走边问：没有啊！哪有啊？

陈浩轩往前指着：你再往前走嘛！

秦哲：没有嘛！

陈浩轩：你再走！

秦哲：没有！

陈浩轩：往前，你站石头上嘛！

秦哲以为陈浩轩戏弄他，回头盯着陈浩轩看了一眼。

秦哲：小子，你逗我玩儿呢？

陈浩轩：你就站上嘛！

秦哲半信半疑地抬脚跨上了石头。叮叮叮的一声，是手机微信的声音，真的有信号啦！

秦哲：你小子，可以嘛！

陈浩轩得意地也掏出了自己的小手机，摇晃了一下：哼，这可是我的秘密基地！

秦哲迅速拨通了电话。

秦哲：李经理，你好你好，教学展示的小比赛，我参加，您把时间地址给我，我一定准时参加试训！好的好的，太感谢您了李经理！

秦哲挂断电话，继续拨打着：喂，张经理……

不远处的陈浩轩看了一眼，自顾自地玩着手中的小石子。

54. 石湾小学秦哲宿舍　夜　内

秦哲躺在宿舍床上跷着二郎腿听歌，戴着耳机时不时地眯眼哼唱两句，看起来心情还算不错。

突然马连成端着一盘大盘鸡，提着另外两个菜，费劲地撞门进来。

马连成：快接一下，接一下！

秦哲吓了一跳，从床上坐起来，赶忙帮马连成把菜盘子放到了桌上。

秦哲：你怎么不敲门啊？

马连成笑嘻嘻的：都是老爷们，敲啥门嘛！

马连成又从兜里掏出一瓶白酒和两个杯子，自顾自坐在了桌边。秦哲有点意外，愣怔着坐下了。

马连成：我陪你喝两盅。

秦哲思索着：校长，你是有啥事儿吧？

马连成：啥事儿？两个老爷们喝酒能有啥事？你都来好几天了，也没跟你坐坐。（举起酒杯）来，干一个！

秦哲不得不举杯，不太情愿地碰了一下。马连成一饮而尽，斯哈一声，意犹未尽。秦哲也跟着喝干了。

马连成：来，秦教练，快趁热尝尝。

秦哲试探地夹了一口菜。

马连成：这是我亲自下厨做的，我可是得过高人真传的，一般人想吃还吃不着呢！还有这两个，是咱们山里特有的野菜，长在山尖尖上，是孩子们专门去给你采的，快尝尝！

秦哲边吃边点头：好吃！

马连成接着说出自己的疑问：秦教练，你看……孩子们这段时间训练得怎么样？我看这段时间，孩子们的训练内容都是跑步，是不是有点……太单一了？咱们要不要，也学学人家县一小，起码做些颠球、带球的正规训练。

秦哲停下筷子，有些不耐烦地看着马连成。

秦哲：马校长，原来你是在质疑我的教学方法啊。

马连成：那不是。

马连成笑着摆手。

秦哲：那好，我跟你说，训练，可以。但是，第一，这学校没有硬件条件，标记盘、标志杆、体能环、可调节跨栏更别说了，连个绕桩都没有。那个球场上一根草都没有。第二，软件条件，这伙食啊，很重要。（说话的同时敲了敲盘子）

马连成顿时心领神会，笑着打圆场：有数了，有数了。

55. 一组蒙太奇镜头

A. 马连成在县城的体育用品商店里，看到训练器材琳琅满目，他都很眼馋，拿起这个放下那个，思来想去……

B. 马连成走在一个小饭馆门口，看见有一堆空酒瓶放在垃圾桶旁边，他过去问了一下，服务员同意送给他了。马连成兴高采烈地抱走了。

C. 同学甲趴在厨房的灶坑前使劲地往外掏灰，站起身时一脸黑灰，只剩下两只黑眼睛。他吸了吸鼻涕，手一摸，又露出一道白。忽然被进来的妈妈发现了，追打他，他赶紧抱着掏出来的黑灰跑开了。

D. 几个女同学一起在山上采野花，其中就有孟晓妮。一个女孩把一枝花插在了孟晓妮的耳朵上，孟晓妮假装一脸娇羞，大家哄笑地散开了。

E. 几个男生在山上割草。

F. 高有才带着几个男生在平操场。大家都奋力地夯着土地。

56. 秦哲宿舍门口　昏　外

王菊兰拿着饭盒敲起了秦哲宿舍的门。

王菊兰：秦教练，你的晚饭，今后你的一日三餐都由我来做，你带孩子们训练辛苦了。

秦哲有点发愣，接过饭盒，机械地点了下头。

57. 石湾小学操场　夜　外

空镜，安静的夜晚，石湾小学里孩子们都睡了，到处漆黑一片，只有马连成办公室窗户的灯亮着。

马连成一脸严肃：分配给你们的任务都完成了吗？

王菊兰和高有才一起郑重点头：放心吧，马校长，所有都按您的计划完成了！

马连成认真地：那行，早点休息吧！

58. 石湾小学秦哲宿舍　清晨　外

一轮红日冉冉升起。

秦哲睡眼蒙眬地打开宿舍门，手里拿着洗漱用具。

窗台上放着用毛巾包裹好的方形饭盒。

秦哲走过去打开饭盒，发现里面盛着香喷喷的鸡蛋面条。他下意识地露出笑容，把饭盒小心翼翼地收好。

59. 石湾小学操场　日　外

秦哲走到操场，惊讶地发现之前的土操场变成了一个简单整齐的训练场。球门四周缠绕着各种漂亮的野花，操场的边缘线是用灶灰画得很规整的线条，裸露的土地被绿草覆盖变成了绿茵场，地上有自制的简易训练器械，三排绕桩，一排是马校长买回的体育器材，两排是他捡回来的各色酒瓶。标记盘、标志杆、障碍桩、小角旗、颠球包等等也都散放在地上。

孩子们都用期盼的眼光看着他。

秦哲抬头正对上马连成的目光，二人不约而同地相视一笑。

60. 教室　日　内

黑板上，高有才认真写下了“诚信最可贵”几个大字。

下面的学生静静听着。

高有才转过身来，在给学生们上思想品德课。

高有才认真地：诚信是我们中华民族最重要的美德……我们答应别人的事情一定要做到……

61. 石湾小学 日 外

操场上，学生热火朝天地训练着，秦哲的态度有了很大的转变，他开始认真地指导孩子们，已经和孩子打成了一片。

一组蒙太奇镜头：

A. 有的孩子在练习绕桩，时不时碰倒了酒瓶。秦哲给他们做示范。

B. 有的孩子在颠球，控球。

C. 秦哲存心逗孩子们，球仿佛长到了他的脚上，他带着球左突右闪，几个孩子一起都没办法截下来，两边过来的孩子没能断下球，却撞到了一起。

D. 秦哲亲自示范射门动作，一脚踢出去，有力又准确。

孩子们纷纷起立，大声鼓掌叫好，对秦哲投去崇拜的目光。

E. 秦哲手里拿着一个足球，正在比画着给孩子们讲解。

秦哲：足球比赛中，要遵循一定的战术，要有统一行动的意识，人与人的位置是相对应的，你们的跑动都是要有目的地协同进行，不是乱跑，要随时留意前后左右队友的位置和方向。还有，以后这些花花草草不能再折了，要保护环境呢。

孩子们不好意思地笑了。

这一切都被马连成看在眼里……

62. 石湾小学鸡舍旁 日 内

今天的马连成看起来心情很不错，他正在跟王菊兰聊着什么……

马连成：菊兰，最近听着点，村里要是再有卖小鸡仔的抓上些。

王菊兰：成呢。

这时高有才抱着教具进门。

高有才：哎，马校长，你别说，这小子今天有点教练的意思了，不过我刚才看见孟晓妮个女娃娃咋也在踢球呢？

马连成：啥？女娃娃踢球，这不胡闹嘛。

王菊兰：校长，这女娃娃咋就不能踢球了？你这是对女娃娃有偏见啊！你不是常说，要要求每个孩子德智体美劳全面发展嘛。

高有才：也是，咱们国家，女足还厉害得很呢。

马连成：话是这么说，可别的学校都是男娃娃踢球比赛，咱们球队上个女娃娃，这不是让人家笑话嘛。

王菊兰：娃娃们踢球讲的是个精神，哪有什么男娃娃女娃娃之分，哪有笑话一说啊？

马连成：也是，那就是骡子是马拉出来遛遛。

高有才：你的意思是？

马连成：测试孟晓妮！

63. 石湾小学操场　日　外

操场上，全校师生都来围观。

对孟晓妮的测试正式开始，马连成神情严肃地坐在一旁的木凳上观看。

高有才在一边拿着小本子记录着什么。

王菊兰站在操场边双手攥拳，探出头紧张地观看，并带领孩子们喊口号。

王菊兰和孩子们：孟晓妮！加油！孟晓妮！你最棒！

孟晓妮站在球门前，高接低挡，将陈浩轩、徐飞等人的射门接连扑出球门。

孩子们在一旁拍手叫好。

秦哲看着孟晓妮身手如此敏捷，也显得颇为意外。

秦哲：怎么样？

马连成摆摆手，表示还不能认可，他脱下外套走向球场。

马连成：我亲自来。

孟晓妮显得有些紧张，她看看秦哲，秦哲笑着给了她一个加油的手势。

马连成铆足了劲儿一踹，连球带鞋一起飞了出去，孟晓妮一下抓住了飞出的球，马连成的鞋落到了一边，马连成踮着脚有些尴尬，旁边的孩子们一脸想笑不敢笑的样子。

王菊兰：马校长，咋样吗？

马连成：好着呢，我宣布，孟晓妮同学正式加入石湾小学足球队。

孩子们欢呼起来。

马连成：对了，不光是孟晓妮，只要是我们的孩子，勤学苦练，每个人都有可能加入石湾小学足球队！

孩子们欢欣鼓舞，欢呼声此起彼伏。

人群中只有张鹏宇显得心事重重。

64. 石湾村村口井边　昏　外

井水里，倒映着张鹏宇无奈的脸，砰的一声，水桶扔了下去。

张鹏宇单薄的身子挑着一担水，显然还有些力不从心，他有些歪歪斜斜地走在路上，不时有水溅了出来。

65. 石湾村张鹏宇家　日　内 / 外

张鹏宇把两桶水艰难地提起，倒进水缸，然后开始娴熟地烧灶，准备做晚饭。

屋内走出一位瘦骨嶙峋的老人，他拄着拐杖，边咳嗽边看着小小的张鹏宇忙前忙后，无奈地摇摇头，随后又走进屋里。

张鹏宇把做好的拉条子面端上桌，朝里屋望了一眼。

张鹏宇：爷，吃饭了。

张爷爷颤颤巍巍地从里屋走出来，手里拿着一个新书包。

张爷爷：小宇，这是你爸爸寄过来的礼物，给，拿着吧。

张鹏宇没有去接爷爷手里的书包，直接在饭桌前坐下，闷头默不作声。

张爷爷坐在张鹏宇旁边，把书包塞到张鹏宇的怀里。

张爷爷：你这孩子，咱山里送趟东西不容易，你不是一直都想有个新书包吗？

张鹏宇（赌气般地）：爷爷，他送的东西我用不着……

张爷爷：哎，说啥呢嘛，你个尕丁丁的一点点娃，不能这么说。你妈去得早，爸爸一个人在城里打工也是不容易的，你不能怪他。他也是好意，想把你接到城里过好日子呢。

张鹏宇的眼圈顿时红了。他使劲地往嘴里塞了口面条，有点哽咽。

张鹏宇：爷爷，我哪儿也不去，就在石湾村陪您。咱和他，一人一个家。

张鹏宇把筷子递给爷爷，张爷爷似乎想起了什么，吃了几口又停下了。

张爷爷：小宇，你成绩咋样？

张鹏宇：放心吧，爷，好着呢。

张爷爷：我听说你们学校有球队了，你咋不去？

张鹏宇：我不想和他们一起玩儿。再说了，我有自己的球场，没教练也比他们踢得好。

张爷爷轻轻地叹了口气。

66. 县教育局会议室　日　内

县教育局正在召开工作部署会，周局长正在发言。

周局长：各乡各村要重视对儿童的基础教育，为学生德智体美劳的全面发展创造条件……

马连成在一旁聚精会神地听着，时不时地在小本上做记录。

散会后，马连成急忙起身往外走，他拨开人群跑到前面，想要拦住周局长。

马连成：周局，周局，请留步。

周局长回头，一看到是马连成，眉头不禁微微一蹙。

马连成：周局长，不好意思啊，那个，你给我个准话儿，是不是只要能进入县里足球比赛前四名，就够资格申请足球特色学校了？

周局长有些无可奈何，他不耐烦地回答。

周局长：我说老马啊，你都问了不下十遍啦！既然县里政府出台了规定，就不会朝令夕改嘛。

马连成（赔笑着）：是是是，您说得对。呵呵呵，我这最后一次，最后一次。

周局长摇摇头走了。

马连成顾不得周局长的反应，一脸高兴的神情。

一旁李庄小学的王校长等人，见到马连成这个样子，在旁边笑。

王校长：老马，听说你从城里请了个专业的足球教练，真的假的啊？

马连成没有理会，整了整外套欲往前走。

王校长：你可想清楚了，水平高的会去你们那鸟不拉屎的地方？你可别上当啊！

马连成气不过，转身走到王校长面前。

马连成：上不上当，咱们到时候比试比试不就知道了吗？

王校长：马校长你可真是贵人多忘事，前阵子不才输我们个5：0吗？忘了？

马连成：好，那我们就下周一再战一场！

67. 学校门口路边空地　日　外

山沟下，徐飞捡起被踢下去的球往回跑着。

山坡上的孩子们抱怨着：你这是朝南天门射呢。

剩下的孩子一边等待着，一边打闹着。

马连成骑着摩托路过，看孩子们没有训练，乱成一团。

马连成：呀，你们这些娃娃咋不训练呢？秦教练呢？

孩子们一看是校长来了，赶紧都围拢过来。

陈浩轩：校长，徐飞把球踢到崖下去了，去捡了。

马连成：那秦教练呢？

陈浩轩：今天没来。高老师带我们训练呢！

马连成：那高老师呢？

陈浩轩：高老师拉粑粑去了。

学生哄地大笑。

马连成推开人群走回了学校。

68. 鸡舍旁　日　外

王菊兰老师在带孩子们喂鸡，上劳动课，孩子们也都做得有模有样的。

孩子：老师，这不就是干活吗，哪是上劳动课呀？

王菊兰：那我问你们，对于劳动最美的诠释是什么？

孩子们摇头。

王菊兰：高尔基曾说过，“劳动是世界上一切欢乐和一切美好事情的源泉”。所以说，劳动是最光荣的，它创造了历史的辉煌，创造了人类的文明……

马连成气冲冲地走过来：王老师，看到秦教练了吗？

王菊兰停下手里的活儿：看到了，他说有事要回城里一趟，还要我帮忙盯着训练。

马连成：他没说啥时候回来吗？

王菊兰：没有，应该很快吧，怎么了校长？

马连成顾不上答话，转身又出了门。

王菊兰看着马连成急匆匆的样子，一脸困惑。

69. 石湾小学，一组蒙太奇镜头

A. 日，校园里。马连成匆匆往前走着，手里拿着的电话紧紧贴在耳朵上。

电话里传出声音：您拨打的电话无法接通。

马连成有些焦虑……

B. 日，秦哲宿舍。马连成匆匆走到秦哲的宿舍，一把推开门，屋子里空荡荡的。

马连成无奈地关上了门，离开了。

C. 夜，马连成办公室。马连成在办公室打座机，秦哲手机仍旧是忙音无法接听。马连成无奈地挂上了电话，失望的表情已经挂在了脸上。

D. 日，村口。马连成站在山岗上眺望。打秦哲电话仍旧无人接听。此时，马连成的表情已经变成了绝望。

E. 日，球场上。孩子们在训练，其中两个人在悄悄地议论。

甲：你说教练到底干啥去了？

乙：不知道，好几天没来了！

孩子们继续踢着球，无精打采。

70. 石湾小学校长办公室　夜　内

马连成在办公室来回踱步，突然桌上的电话响了，他赶忙接起来。

马连成兴奋地：喂？秦哲？

王校长（懒洋洋的声音）：喂……我……老王，明天的友谊赛，上午 10 点，你可别忘了啊。

马连成：我知道了，没事先挂了。

不等王校长接话，马连成便挂掉了电话，心里更加焦急。忽然王菊兰推门进来，马连成正好有气没处撒，刚要发脾气。

王菊兰：校长，秦教练回来了！

马连成一听，赶忙走出办公室，王菊兰匆忙跟在身后。

71. 秦哲宿舍　夜　内

马连成刚走进宿舍，便看到喝得醉醺醺的秦哲摇摇晃晃地进屋。马连成顿时气不打一处来，他压抑着怒火跟着进了屋。

马连成：秦教练，你这是去哪儿了？

秦哲踉跄地躺在床上，不耐烦地一挥手，示意他别说话。

马连成：我给你打了好几个电话，你都不接。明天我们跟李庄小学有一场重要的比赛，你知道吗？

秦哲：什么比赛，不知道！

马连成：就算你不知道，也不能说走就走，你可是足球队的教练啊，孩子们一直在等你呢！

秦哲用手指着天花板，嘴里叽里咕噜地说话。

秦哲（断断续续地）：就凭……这种乡村野足球队，这破水平……还想赢球？前四名！做梦呢吧！我可从来就没相信过你们，我也没相信过我自己，哎，老马，我来这多少天了？

马连成大怒，他快步走到床边，一下子拎起秦哲的衣领。

马连成（愤怒地）：秦哲啊秦哲，你是老常带出来的，我敬你是个会踢球的汉子，虽然这里条件苦了点，可这么多天我们都把你当神一样地供着，没想到你还这么混，实话告诉你，这儿的任何一个孩子热爱足球的劲头都不比你当年差！就你这态度，简直是辜负了孩子们的信任和期待。

秦哲：让他们期待的是你，不是我！我，就这样儿了。你，为了你伟大的理想奋斗去吧！

说完昏昏地躺下了。

马连成愤怒地：烂泥扶不到墙上去。

然后愤愤地摔门而去了。

72. 山路　日　外

清晨的阳光里，一辆拖拉机行驶在颠簸的山路上。

车斗里，孩子和校长都无精打采，似乎知道等待他们的注定是失败。

车轮滚滚远去。

73. 秦哲宿舍门口　日　外

秦哲的宿舍门缓缓拉开，秦哲宿醉的样子。

秦哲看到了马校长的摩托车停在门外，回想了一下昨天的事，啥都想不起来。回头时他看见熟悉位置的饭盒，再回身，他被门上贴满的纸条吸引了。

秦哲好奇地凑上前去，仔细读着每个纸条：

“老师，在你的带领下，我们都进步了！”

“老师，你是不是嫌我们这土大？”

“老师，我们真的愿意踢球。”

“老师，到了秋天，我们这可美了。”

“老师，你踢球的样子真帅。”

“老师，真的球场有多大啊？”

“老师……”

“老师……”

“老师……”

秦哲认真地读着这些字条，感动的泪水在眼窝里打转。

远远的，王菊兰看到了这一幕。

74. 李庄小学操场　日　外

王校长和马校长两个人客套地打哈哈。

王校长：马校长，教练是哪个啊？引荐引荐，介绍一下。

马校长尴尬地：今天有事儿没来。

李庄小学的孩子们积极地备战。

石湾小学的孩子都显得情绪低落，低着头不说话。

孟晓妮：教练是咋了？像是遇见啥难事了。

陈浩轩站起身。

陈浩轩：我知道，上次教练打电话我听见了，有球队约他去试训。看样子，他准是没通过考试。

徐飞埋下头，有些灰心。

徐飞：教练不会不要我们了吧，我们真的像教练说得那么差吗？

孟晓妮看着大伙垂头丧气的样子，主动站起身，一脸不服输的劲儿。

孟晓妮：我们才不差呢！或许我们平时还不够努力，今天的比赛咱们拼尽全力，要让马校长、秦教练，让大家都看看，我们是可以的！

陈浩轩：对，只要我们赢了，马校长一定会很高兴的，只要我们赢了，秦教练也一定不会不要我们的。

陈浩轩、孟晓妮伸出手，孩子们纷纷伸出手叠靠在一起。（赛前加油打气姿势）

孩子们：加油！加油！加油！

75. 山路　日　外

秦哲骑着摩托车在山路上狂奔着。

76. 李庄小学 日 外

比赛开始了，石湾小学的孩子们明显力不从心，找不到节奏。

马校长拼命地帮学生打气：加油……加油！

孩子们在努力地踢着球，奔跑着……

秦哲突然出现站在了马校长身边。

秦哲最大声地喊：加油，孩子们！石湾小学最棒！

孩子们听到了教练的声音，精神为之一振，脸上露出了灿烂的笑容。

石湾小学的孩子们咬着牙，一副奋不顾身的样子，拼抢积极，嘭地进了一个球。

秦哲和马校长都兴奋不已，互相拍手鼓励。

球场上，孩子们继续拼搏着。

77. 一组蒙太奇镜头

A. 王菊兰带着在家的孩子们打扫卫生。

B. 王菊兰杀鸡，准备给小队员们庆功。

C. 小学的红旗迎风招展着。

78. 李庄小学 日 外

石湾小学又进了一个球，比分 2 ∶ 0。

裁判吹响了中场的哨音。

王校长表情落寞。

马校长自豪兴奋。

秦哲和孩子们探讨着战术。

秦哲：孩子们，就按我平时跟你们说的。（专业术语）

孩子们纷纷点头。

下半场的哨音响起了。

孩子们自信满满，雄赳赳气昂昂地上了球场。徐飞受伤了，石湾队缺了一个人，场上在进行着拉锯战，学生和秦哲都很担心，场上队员奋起拼追。

石湾小学又进了一个球，比赛结束了。大家眼中都闪烁着喜悦的泪光。

最终比分定格在3：0。

广播：颁奖仪式马上开始。每个获奖的队员都会获得一个新书包作为奖励……

秦哲鼓动马连成。

秦哲：校长，去多要一个嘛……

79. 乡间路上　日　外

天大地大的山间，传来了孩子们嘹亮的歌声，拖拉机驶了过来。

石湾小学一行人坐在农用机动车上，车子行驶在山间的小路上。

孩子们拿着新书包，在后面欢声笑语，大声地唱着儿歌《小小足球赛》：

青草地上绿油油，
踢起我们的小足球，小足球。
你在前面攻，
我在后面守，
小小球儿脚下传，
凌空一倒钩，
注意！射门！
摔了个大跟头，
哈哈哈哈哈！

马连成坐在副驾驶上眉开眼笑，拿出手机，打电话给老常报喜。

马连成：赢啦！赢啦！哎哟，老常，你怎么还没听清啊？哈哈哈！

秦哲转过身，看着孩子们真诚的笑脸，心里有了不一样的感觉。

陈浩轩（突然大声地）：那个……停车，停车！我要尿尿！

80. 玉米地里　日　外

一排小男孩在一个坡上尿尿。

孟晓妮害羞地捂着脸，在车斗里等待着。

马连成和秦哲站在车头边，看着那些孩子，欣慰地微笑着。

马连成：谢谢你啊，这么短的时间让孩子们进步了这么多。

秦哲有些不好意思：其实我也没做什么。您说得对，这群孩子……比我更热爱足球，是他们自己争气。今天的比赛能有这样的成绩，我也没想到……

马连成笑了笑，拍了拍秦哲的肩膀。

秦哲顿了顿，似乎还想要说什么。

秦哲：对了，我那天是去城里参加试训。结果……没选上，就心情不好喝了点酒，说了不该说的话，请您原谅。

马连成：是我性子太急了，今天看到孩子们这样的成绩，我是真高兴，孩子们以后的路就宽了。你帮帮我，也是帮帮孩子们。

秦哲：您放心，我一定尽力。再说了，您那不还有我的欠条吗，赖不掉，哈哈。

马连成有点尴尬：其实那个欠条呢……

忽然口袋里的手机响了。

秦哲笑着跑走了。

马连成接起电话，电话里传出媳妇的声音：马连成……

81. 马连成家卧室　夜　内

马连成媳妇坐在床上生闷气，马连成一脸委屈，像个孩子一样站在旁边，一个枕头扔向他。

马连成媳妇：马连成啊马连成，你倒是能耐了，不光会骗还会偷了！一天到晚就知道摆弄那个破足球，人家的娃娃是娃娃，你的就不是了？我看你心里根本没有这个家，老马，你不用瞒我，调动的事儿是不是黄了？

马连成：是呢，谁知道……那林副校长因为身体原因，申请提前退休了。

马连成媳妇：谁知道？你知道！明明是你对调动的事从来就没上心过，一天天的就知道糊弄我！

说完，马连成媳妇委屈地哭了起来。

马连成看着媳妇，有些心疼。

马连成：这些年也知道你不容易，你忙完饭馆忙家里，都怪我没别的本事，只会教个书，对娃娃的那些感情呢，我也跟你说不出啥大道理来，我总觉得啊，这人只要是认上个理，总得捋出个头绪来嘛，你也放心，以后我也好好表现，你委屈、你难过，我也知道你是为了个啥，你也不能看着你的男人半途而废不是吗？

马连成媳妇：马连成啊马连成，我看是山上的风大，把你吹成个老顽固了，脑袋变成了个山上的石头了，不，是那茅坑里的石头，又臭又硬！

马连成听到这些，知道媳妇的内心有所妥协，嬉皮笑脸地边说边脱着外套。

马连成：嘿嘿，我这十天半月的也不回趟家，你看你，啥石头不石头的，啥硬不硬的，呀，赶紧睡觉。

说完马连成钻进了被窝……

黑暗中的马连成媳妇：滚，别碰我。

82. 石湾小学　日　外

操场上，秦哲穿着一身崭新的运动服，神采奕奕地看着孩子们。

孩子们列队成一排，也精神抖擞地看着秦哲。

秦哲：孩子们！上一场对抗李庄小学的比赛，大家踢得不错！积极主动，配合得也很好，尤其是大家的拼搏精神，让我很感动！大家知道拼搏是什么意思吗？

孩子们（大声回答着）：知道！

秦哲：好！那你们有谁认为，自己现在算是会踢足球了？

陈浩轩试探性地举了举手，看到旁边都没人举手，便快速放下了。

秦哲：那你们又有谁能告诉我，足球是什么？什么是足球精神？

孩子们看着彼此，面面相觑，突然人群中有几个孩子大声举手回答。

孟晓妮：是胜利！

陈浩轩：是荣誉！

徐飞：是比谁踢的时间长。

孩子们听到最后一个回答，忍不住一阵哄笑。

秦哲笑着摆了摆手，示意孩子们把手放下。

秦哲：足球，代表的是快乐，是梦想！足球本身让人快乐，而团队精神就是足球的灵魂。任何一场比赛，如果没有一个团队的打拼，再优秀的队员也很难打败对手。团队精神正是足球真正的精髓所在！也许你们现在还小，还不懂这些。但只要你们还有一天在球场上，就一定要牢记今天这句话，拼搏，成就梦想，这就是足球精神！

孩子们：是！努力拼搏，成就梦想！

秦哲：我们再接再厉，拿下县里前四名，大家说好不好？

孩子们：好！

秦哲带领孩子们一起喊口号，鼓舞士气。

秦哲和孩子们：石湾小学，自强不息，努力拼搏，成就梦想！

王菊兰和高有才在一旁看着，脸上露出了笑容。

高有才：你别说，我现在倒真有点佩服这小子了。

王菊兰听完这话，向秦哲投去了一丝爱慕的目光。

83. 回学校的路　日　外

山间土路上，一辆农用车颠簸着前行。

马连成坐在回村的农用车上，开车的老乡是学校一个学生的家长。马连成在和他聊天。

老乡：马校长，你最近带着娃娃们踢球，还从城里请了教练，咋样啊？

马连成骄傲地：好着呢！

老乡：娃娃们踢球好有啥用？学习好就行了啊！不是说那

个啥，知识改变命运嘛！

马连成：踢球不是知识？踢球也改变命运啊！球王贝利你知道不？

老乡：不知道！

马连成：就是，你懂个毬！

农用车继续在路上颠簸行驶着。

84. 石湾小学宿舍门口　日　外

各种胶和破皮球散落一地，秦哲坐在门口认真地补着皮球。

放学了，铃声响了，学生陆陆续续地往外走。

秦哲看到了依然背着旧书包的张鹏宇也随着人群往外走。

秦哲：你好啊，足球小将！

张鹏宇低下头，默不作声。

孟晓妮和几个孩子也刚好经过，听到了秦哲的话。

孟晓妮：张鹏宇，你会踢球啊？

秦哲笑了笑没说话。

张鹏宇抬头看着秦哲，眼神里透露着一丝丝紧张，他看了看大家，扭头跑了。

秦哲若有所思地补着皮球。

马连成也回来了，路过秦哲身边。

秦哲也发现了马连成。

秦哲：校长，回来了？家里没什么事吧？

马连成：没事儿！

秦哲起身追上去：那正好，我有事儿……

85. 石湾村张鹏宇家后院 夜 外

张鹏宇独自在家里的后院踢球。

秦哲在一旁暗自观察着张鹏宇，手里拿着一个新书包。趁他不注意走上前，一个断球加漂亮的停球。

张鹏宇吃了一惊，定睛一看，是秦哲。

张鹏宇：把球还我。

秦哲：我能加入吗？

张鹏宇没有阻拦。

秦哲笑了笑，把书包往旁边轻轻一放，开始带球进攻。

两个人你来我往，相互快速断球，节奏越来越快，彼此的配合也越来越熟练。

张鹏宇脸上逐渐露出了笑容。

86. 张鹏宇家的后院空地 夜 外

支着轮胎的简易球场，透过轮胎，一大一小两个身影并排坐着。

张鹏宇和秦哲并排席地而坐，两个人都气喘吁吁的。

秦哲：你球踢得这么好，为什么不告诉大家？

张鹏宇：有什么好说的，这个足球是妈妈还在的时候送给我的，她说男孩子就该勇敢一点，不要害怕摔倒。

秦哲：你妈妈说得没错。那这么说，你只是听妈妈的话，并不喜欢足球喽？

张鹏宇听秦哲这么说，有些紧张起来。

张鹏宇：才不是！我很喜欢足球。这是妈妈唯一留给我的礼物，所以我特别珍惜。可是……

秦哲：可是什么？

张鹏宇叹了口气，脸上显露出与这个年龄段孩子不相符的表情。

张鹏宇：可是没人珍惜我……爸爸在城里打工，有了一个新家，我是没人要的孩子，所以很自卑，总害怕别的小伙伴笑话我。爷爷年纪也大了，身体不好，我能有书念，已经很不容易了，所以我才一直自己踢球。

秦哲心疼地看着张鹏宇，伸手揉了揉他的头。

秦哲：可你知道吗，真正的足球不是一个人的运动，是团队运动。同时，它也是人与人之间交朋友的最好方式。我相信你妈妈留给你这个足球，正是为了让你交到更多好朋友，开开心心地生活。

张鹏宇看着秦哲，似乎有些动心，但随后又低下了头。

秦哲：你……在担心爷爷吧？

张鹏宇把头埋在两腿间，沉默不语。

秦哲：你放心，来之前我已经问过学校了。你的情况，马校长也早就知道了，他会想办法找村上的人帮你爷爷的。

张鹏宇抬起头，不敢相信地看着秦哲，眼神亮亮的。

秦哲：我说的都是真的，你相信我！

张鹏宇轻轻地点点头。

秦哲：那……你愿不愿意加入球队？

张鹏宇用力地点头答应。

秦哲用拳头碰了碰他的肩膀，二人开心地笑了。

两个人的背影，在轮胎的圆里显得是那么和谐。

87. 石湾小学操场　日　外

操场上，孩子们列队站成一排，彼此交头接耳，脸上露出惊讶、疑惑的神情。

孩子们（小声地）：张鹏宇怎么来了？我听说他是孤儿。嘘！小点声，别让人听见了。他会踢球吗？

秦哲带着张鹏宇站在队伍正前方，面向孩子们。

陈浩轩作为队长站在队列第一的位置，他噘着嘴，对张鹏宇露出不屑一顾的神情。

张鹏宇看着孩子们的表情，不禁有些紧张。

秦哲做了个手势，示意孩子们安静。

秦哲：安静！今天，我们球队有一位新球员要加入。但是，他跟大家一样，要先接受测试考核。张鹏宇！

张鹏宇（怯生生地）：到。

队伍中有几个孩子捂嘴笑起来，迎面对上秦哲严肃的目光，立刻收起了笑容。

秦哲拍了拍张鹏宇的肩膀。

秦哲：张鹏宇，喊到的时候，声音要洪亮。代表你听清楚了教练的话。好，再来一次！张鹏宇！

张鹏宇（大声地）：到！

秦哲：很好！现在，请展示一下你的球技，让大家都看看，你是不是能成为我们当中的一员。孟晓妮，做好准备！

孟晓妮走到球门的位置，张开双臂牢牢守住，对张鹏宇露出鼓励的微笑。

孟晓妮：张鹏宇，加油！

张鹏宇对着孟晓妮点了点头。

陈浩轩不高兴地盯着张鹏宇。

张鹏宇接过足球，进入场地后，开始熟练地颠球、带球、绕桩，最后更是一个停球漂亮地射门，动作流畅，脚法准确，一脚洞穿了孟晓妮把守的球门，干净利落。

一旁观看的孩子们大吃一惊，随即鼓掌大声叫好，并纷纷跑向张鹏宇，围在他身边。

孩子们：张鹏宇！你好厉害！张鹏宇你教我踢球好不好？

徐飞：张鹏宇，你最后那个停球射门是怎么练的？教教我！

孟晓妮：张鹏宇，下次我一定接住你的球！

第一次收获小伙伴们如此热情的集体赞扬，张鹏宇显得有点不好意思。他挠了挠头不知道该怎么回答，只是开心地笑着。

秦哲学着马连成的神态，捏着鼻子说道：我宣布！张鹏宇同学，正式加入石湾小学足球队！

88. 石湾小学教室　日　内

孩子们认认真真地坐在教室的小长凳上，聚精会神地听课。

秦哲站在讲台上，在黑板上写下“一切从零开始”几个大字，拿着棍子敲了敲黑板。

秦哲：从现在起，你们就要改掉以前踢球的习惯，从头学起，也就是从零开始！

有几个孩子挠了挠头，又揉了揉眼睛，看起来听得有些费劲，但依旧努力听着。

秦哲又在黑板上画了个足球场，然后画了 442 的阵型。

徐飞用拳头捣了捣陈浩轩。

陈浩轩正思考着什么，突然被打断，一脸不耐烦地歪过头。

徐飞：浩轩，这是个啥？

陈浩轩：一种足球战术，不懂吧？不懂就好好听着！

徐飞瘪了瘪嘴，回过头不再理陈浩轩。

秦哲边指黑板边说：足球，是一项集体运动，最重要的是团队和规则，场上的每个人，各有分工，前锋、中场、后卫，每一部分都很重要，大家要牢记这些词。我会根据你们每个人的特点进行位置安排。

马连成经过教室窗外，端着大茶杯，看着窗内认真听秦哲授课的孩子们，不自觉地停下了脚步看着大家，整个人一副心事重重的样子。

马连成拿起茶杯，咕咚咕咚喝了几大口茶水。他喝得着急，咳嗽了几下，小声地清了清嗓，然后长吁了一口粗气。

89. 石湾小学操场　日　外

周末的操场上，秦哲独自在操场上认真练习，重复做着颠球、滑步、单双脚交替跳、绕杆射门等基础动作。忽然听见有孩子在叫自己。他停球抬头，发现球队的孩子们竟然都来了。

秦哲：你们这几个娃娃，周末不在家干活，跑到学校来干吗？

张鹏宇：秦教练，离比赛没多少天了，我们都想多练练。

孟晓妮走上前，掀开胳膊上挎的篮子上的布。

孟晓妮：秦教练，这是我自己煮的土豆，给您尝尝。

秦哲摸了摸孟晓妮的头，笑了。

秦哲：练起来！

90. 村里小路　日　外

以孟晓妮妈妈为首的五六个家长，匆匆往学校走着。

91. 石湾小学操场　日　外

秦哲带着孩子们正在热火朝天地训练，不亦乐乎。

忽然，孟晓妮妈妈、徐飞爸爸等五六个学生家长，从远处气势汹汹地走来。手里有的拿着刨洋芋的镢头，有的背着收玉米的背篓，径直走向秦哲和学生们。

家长们：校长呢？校长呢？

孩子们见状害怕，都躲到了秦哲的身后，孩子家长都来拉扯自己的孩子。

秦哲极力阻拦着：你们干什么？别扯孩子。

一个家长戳着秦哲的肩膀：你就是那个足球教练吧？我们跟你说不着，我们要找校长，农忙的季节不成的嘛！

徐飞爸爸：你这个老师，为啥放假了都不让学生回家干活？现在正是农忙的时候，这咋成嘛！

家长们（附和着）：就是就是，地里家里，活多着呢。

秦哲顿时有些不知所措。

孩子们躲在秦哲身后，叫嚷着：这不能怨老师，是我们自己要来的！

不远处，陈浩轩带着马连成急匆匆跑过来。

王菊兰也紧随校长身后。

马连成一个挺身挡在秦哲面前，伸出双手挥动着，示意家长们冷静。

马连成对家长们使劲挥了挥手。

马连成：这都是咋了，辣子吃多了？都躁成啥了。各位家长，事情是这样的，咱们申请办足球学校，就是为了让孩子们有个更好的出路，这马上就要比赛了，孩子们也很喜欢踢球，想要有个好成绩，还请家长们理解、支持！再说，就算啥都不是，还能锻炼孩子们的身体！

家长：理解啥呢嘛！干活不更能锻炼身体啊。

王菊兰：这么小个孩子，能帮上多少忙啊？

王菊兰这一句话又成了众矢之的。

孟晓妮妈妈：原来我就听说了，这学校就要撤校合并了，再换学校的时候，我就不让我家姑娘上了。马校长，我家穷，我也没啥文化，更没那么多闲钱让她一个劲读书。女娃娃能识个字，以后出去打工不吃亏就可以了。明年我们就不上学了，家里还指望她干活呢！

王菊兰紧紧地搂住孟晓妮。

王菊兰：大姐，咱们再苦再累，不能耽误娃娃啊！

孟晓妮妈妈使劲地抹了把眼泪，抬起头看着王菊兰：大妹子！你这真是站着说话不腰疼！她爸身体不好，下面还有弟弟，学费哪里出呀？啥都不说了，女娃娃上学没有用呢。

说完便走到王菊兰身后，使劲拽走孟晓妮。

孟晓妮撕心裂肺地哭着。

孟晓妮（边哭边说）：我不！我不走！我要踢球！妈你别拉我！我听话，你让我踢球！妈！

王菊兰眼看着护不住孟晓妮，也开始不自觉地掉眼泪。

马连成突然快步上前，拦住孟晓妮母女。

马连成：小妮她妈，不管啥困难，也要想办法去解决，咱们更要给孩子们机会去改变。你家情况特殊，学校给小妮申请的补助也快下来了。这娃娃们踢球，既没耽误学习，又多了个出路，还锻炼了身体。在我看来，这是一举多得的好事。

另一位家长：马校长，现在不是钱的事了，可这放个假，哪有不干活的呀。

马连成：放心吧，这事我解决。

秦哲疑惑地看着马连成。

92. 石湾小学后山坡　夜　外

学校后山上，天上繁星点点。一阵悠扬的板胡演奏的声音在夜空中回荡。

马连成正在投入地拉琴。

秦哲从山坡下走上来，走到马连成身边。

秦哲：马校长。

马校长：欸，你咋来了？

秦哲：我这不是被你的琴声吸引来的嘛，你咋大晚上跑出来拉琴呢？

马校长：屋里闷得慌，出来透透气！

秦哲：马校长，有啥心事吧，说来听听。哎，对了，你咋就那么喜欢足球呢？除了办成特色学校，你就没别的心思？

马校长：有，大心思小心思都有过。我到这个学校这么多年，媳妇一个劲儿催我调回去，离得近些，我也理解。可我也想，走之前，得给孩子们再干点啥，刚好政府有特色学校的政策，我就想着山里的孩子能跑能跳，可以通过足球改变点啥。结果现在，调动黄了，加上你的加入，我现在也把这个小心思换成唯一的大心思了。秦教练，这我得好好谢谢你！

秦哲笑了，随后和马连成并排坐在山坡地上。

秦哲望着静谧的夜空，思考着什么。

秦哲：我从小就踢球，在这些孩子们身上，我感觉到了很久没有体会到的快乐。

秦哲收回目光，笑着跟马连成打趣。

秦哲：再说了，你不还是我债主嘛。

马连成不好意思地低头笑了。

马连成：对不起啊，上次就想跟你说，为了请你来，我说谎了。那个收条上的0是我自己加上去的，其实就600元，这……的确不是我这个校长该有的行为，可我真的是需要你帮帮孩子们。

秦哲稍微愣了一下，自嘲似的笑了，马连成在一旁担忧地看着他。

秦哲：也好，那现在开始，我可就是你债主了啊！不过，这个“0”加得好，把你和我给圈到一起了。那段日子我也是整天被一些乱七八糟的想法束缚着，压力也很大。有多少次我也试着从零开始，可总是没能打破思想上的怪圈，直到你的出现，才让我真正意识到零的意义。

93. 一组蒙太奇镜头

A. 菜地里，一垄菜一个娃娃，秦哲一声哨响，孩子们在利用绕桩的方式给菜上化肥，孩子的家长开心地笑着。

B. 村中石碾边，张鹏宇和徐飞在碾玉米，旁边的孩子使劲地在加油，马小宝的妈妈幸福地笑着。

C. 山路陡坡处，一辆架子车上堆满了羊粪，秦哲和马连成使劲地拉着，孩子们围着周边使劲地推着，推上了陡坡，众人欢呼着。

D. 梯田的地边上，孩子列成一排，练习着弹跳。

E. 夕阳下，山尖上，马校长和秦哲带领的队伍映出了长长的剪影……

F. 张鹏宇家院子　夜　外

村民们都来给张爷爷过生日，土豆泥蛋糕，贴满了红枣，中间插着一支大红蜡烛，孟晓妮给张爷爷戴上了花环，祝张爷爷生日快乐。

张爷爷泪眼婆娑地看着娃娃们。

94. 石湾小学校长室　日　内

黑板一侧，用红色粉笔写着粗字“联赛倒计时 50 天”。

马连成主持会议，高有才、王菊兰和秦哲参会。

马连成给每人都发了一张课程表。

马连成：这是秦教练制订的足球训练计划，大家看看，畅所欲言。

高有才：校长，啥意思？除了语文、数学这些主课，剩下的时间全部是踢足球？

王菊兰：劳动课呀啥的，咱这的孩子不学也比其他人干得好呢。

秦哲：也是，只有这样，才能趁热打铁，提高咱们足球队的水平……

马连成：那就这样，踢好球是我们学校现阶段的主要任务。

王菊兰：我没意见，保证做好后勤保障。

马连成：对了，常教练又给咱们找了些足球，明天就给大家送来了，常教练为了娃娃们也是费尽了心思，所以大家必须要有信心呢，成不？

众人：成呢！

95. 石湾小学操场　日　外

自从张鹏宇加入球队后，陈浩轩和他似乎一直在较着劲。

同学们都在操场上分组对抗训练。

陈浩轩和张鹏宇一组，张鹏宇原地不动，陈浩轩来冲撞，结果一下子把自己弹出去了，差点跌倒在地，陈浩轩很生气地站起来，愤怒地看着张鹏宇。

陈浩轩：干吗用这么大力气？！

张鹏宇：我没动。

陈浩轩防守，换张鹏宇冲撞。

张鹏宇用尽全力冲过来，又把陈浩轩撞倒了。

陈浩轩站起来，生气地冲到张鹏宇面前，使劲儿把张鹏宇推了一个趔趄。

刚要动手，秦哲发现了。

秦哲：干吗呢，陈浩轩！踢球的本事没学好，打架的本事见长……

陈浩轩委屈地说：教练，为啥每次光说我？

秦哲：我还没说完呢，你咋知道我光说你？

秦哲：张鹏宇，把踢足球最重要的精神背一遍。

张鹏宇：团结、努力、拼搏、进取！

秦哲：陈浩轩，明白了吗？

陈浩轩：明白！团结、努力、拼搏、进取！

秦哲：握手言和，继续训练！

孩子们又重新训练起来。秦哲的目光落到了孩子们参差不齐的装束上……

96. 石湾小学校长办公室　夜　内

马连成和秦哲正在办公室商量。

马连成：钱的问题嘛，实在不行，我再从我媳妇那里拿点儿！

秦哲：十几个孩子的队服，再加上球鞋，可不是个小数目啊，嫂子挣钱也不容易，要不我回去找找以前的赞助商……

马连成：就你惹的这事，广告商见了你得躲着走。

两人无助的状态。

97. 石湾小学操场　日　外

秦哲封官，陈浩轩任大队长，张鹏宇任小队长。

操场边上，孩子们刻苦训练，汗流浃背。

秦哲给孩子们做示范动作。

秦哲：今天我教给大家一个必杀技，这招叫背身拿球，专门为了突破防守的队员，他们就是墙。

同学们看着秦哲，脸上露出崇拜的表情。

秦哲：好了，大家开始训练！

98. 马校长办公室　日　内

马连成在办公室为了钱的事，坐立不安。

丁零丁零，突然电话铃响起。

马连成：喂……啥？！

99. 一组蒙太奇镜头

A. 山涧里，几十个皮球在跳跃着。

B. 山路上，一辆汽车倒在路上，司机抱着昏迷的老常叫喊着。

C. 秦哲骑着摩托车带着马连成狂奔着。

D. 城市的路上，一辆救护车呼啸着远去。

100. 山路上　日　外

马连成和秦哲跳下摩托车，抱起受伤的老常，叫喊着……

一旁的司机瑟瑟发抖，老常努力地睁开眼睛。

马连成：老常！老常！咋弄成这样了？

老常：没啥事，路不好走。

秦哲：师父，我背你去医院。

司机：救护车快到了。

老常挣扎着慢慢地从兜里拿出一个小册子，递给秦哲。

老常：这是我以前教你的时候留下的经验，你有空翻翻。看看山下的球还能捡上不？

说完，老常晕了过去。

马连成看了看周边散落的文具等。

马连成：老常啊，你这是何苦啊？

秦哲手捧小册子，流下了滚烫的泪水。

101. 石湾小学操场上 雨 外

天空下起了雨。

一网兜的足球被一把大伞盖着，像是在诉说着什么。

所有的孩子和老师整齐地站在操场上，注视着足球，每个人都毫不顾忌雨的存在，雨水已经打湿了他们的全身，他们的脸上分不清到底是雨水还是泪水。

马连成：孩子们，你们知道这些足球是谁送来的吗？

孩子们：知道！

马连成：你们有信心踢好足球吗？

孩子们：有！

马连成激动地看向秦哲。

秦哲：开始训练！

孩子们在雨中奔跑起来……

102. 一组蒙太奇镜头 夜 内/外

夜幕下的石湾小学异常安静。

A. 孩子们已经睡着，王菊兰给他们盖着被子。

B. 一只带泥的足球放在了一个盆里，高有才认真地洗着。

C. 宿舍里的秦哲认真地翻看师父留给自己的战术小册子。

D. 办公室里的马连成认真地看着他和老常年轻时的合影。

103. 学校操场上　日　外

一轮红日冉冉升起，球队的孩子们在积极地训练着。

秦哲赶来，看着孩子们，并没有发现张鹏宇。

秦哲：陈浩轩，张鹏宇呢？

陈浩轩：教练，不知道。

秦哲疑惑，转身走开。

104. 马校长办公室　日　内

马连成正在扫地，秦哲赶到。

秦哲：校长，张鹏宇是请假了吗？

马连成叹了口气：还没来得及告诉你，张鹏宇的爷爷心脏病犯了，恐怕是不行了，他爸把他接走了。

秦哲无奈地走开了。

马连成把黑板上“联赛倒计时”的数字从40换成了39。

105. 一组蒙太奇　日/夜　内/外

一组叠化，时光交替。

A. 秦哲带领孩子们在操场上以各种方式努力训练着。

马连成把黑板上“联赛倒计时”的数字从21换成了20。

B. 王菊兰抓走了鸡舍的最后一只鸡。

马连成把黑板上“联赛倒计时”的数字从 11 换成了 10。

C. 孩子们围着一盆鸡肉津津有味地吃着。

马连成把黑板上“联赛倒计时”的数字从 5 换成了 4。

D. 马连成给媳妇发了个短信：委屈你了……

马连成把黑板上“联赛倒计时”的数字从 2 换成了 1。

106. 石湾小学操场　日　外

石湾小学的操场上空空荡荡。

鲜艳的五星红旗迎风飘扬着。

107. 县城某十字路口　日　外

马校长和秦哲带着孩子们准备过马路，孩子们已经穿上了新的运动鞋，但仍然没有运动服。红灯亮起时，孩子们自觉地等着，有的孩子已经啃起自己带的饼……有不自觉的市民在闯红灯。

孟晓妮：请注意安全。

陈浩轩：红灯马上就过去了。

市民甲退了回来，不好意思地看了看孩子们。

市民甲：你们是哪个学校的？

孩子们：我们是石湾小学的。

市民甲对孩子们竖起了大拇指。

马校长看着孩子们在啃自己带来的食物，绿灯亮了。

马校长：走，孩子们，今天，咱不吃这个。

108. 马连成媳妇餐馆　日　内

马连成媳妇从厨房里端出满满一大盆手抓肉，放到孩子们中间。

围坐在一起的孩子们你看看我，我看看你，有的还在咽着唾沫。

马连成媳妇：快吃上，凉了就不好吃了。

陈浩轩拿起一块最大的手抓肉，递给马连成。

陈浩轩：校长，你先吃上。

马连成接过手抓肉，看了看孩子们，感动着。

马连成：再不让了，都吃上。

秦哲：快吃吧，孩子们。

孩子们狼吞虎咽地吃起来……

马连成抓起一块手抓肉递给媳妇儿。

马连成：你也吃上。

马连成媳妇咬上一口手抓肉，看了看孩子们，又看了看马连成。

马连成媳妇：香得很……

马连成：你辛苦了……

幸福的泪水在马连成媳妇眼里打转。

秦哲偷偷地抬眼看着这一切，大口地吃着手抓肉。

109. 某招待所房间　夜　内

房间内，徐飞、孟晓妮、陈浩轩等几个孩子围在卫生间的马桶边，好奇地看着。

徐飞：呀，这玩意儿真神奇，轻轻一按，就冲跑了。

马小宝：好是好呢，就是浪费水。咱学校里的挖出来还能上庄稼呢。

徐飞：也是，哎，陈浩轩，你说这冲下去去哪了？

陈浩轩：不懂了吧，我给你讲讲。这个底下啊连着一个巨大的管道网，用过的水啊，带着它的理想，越走越远，越走越远，最后就到了污水处理厂。

徐飞：陈浩轩，你懂得可真多。

陈浩轩：那当然。

徐飞：马小宝，你再拉一泡，我给你冲冲。

马小宝：哪有那么多粑粑呀。

孩子们欢乐地笑着。

110. 某招待所走廊 / 马校长房间　夜　内

招待所的走廊里，一个男子背着个大大的包裹，敲着一个房间的门。

开门的是马校长。

马校长：呀，陈浩轩他爸。

陈浩轩的爸爸嘿嘿地笑着。

111. 某招待所房间　夜　内

大大的包裹放在床上，孩子们围着，眼巴巴地看着，秦哲拉开了包裹的拉链，露出了里面的运动服。

孩子们：运动服！太棒了！太棒了！

孩子们欢呼着，在穿着衣服，秦哲高兴地笑着。

马校长：浩轩他爸，谢谢你了。

陈浩轩爸爸：呀，谢啥呢嘛，这不都是我应该做的。

陈浩轩突然看到衣服上的字。

陈浩轩：爸，你咋还把你这破公司名字也加上了呢？土不土啊。

陈浩轩爸爸：嘿嘿，你懂个啥，咱的小公司难得打个广告，我这叫有经济头脑。把你养这么大，沾了校长和教练的光，头一次占你一点小便宜。

众人哈哈地笑着。

112. 马校长办公室　夜　内

王菊兰和高有才带着几个孩子的家长站在倒计时的黑板前，孟晓妮妈妈也在其中，黑板上的数字依然停留在“1”上。

高有才拿起黑板擦，郑重地擦去了1，换成了一个圆圆的0。

王菊兰拿过粉笔，把零修改成一个笑脸。

113. 县一小体育场　日　外

看台上，人头攒动，彩旗招展。横幅上“足球学校成立选拔赛”的大字格外显眼。

球场边上，两个队的小运动员们显然已经做好了充分的准备。马校长和秦哲也穿上了陈浩轩的爸爸带来的运动服，给孩子们做着最后的讲解。

马校长语重心长地说：孩子们，到了节骨眼上了，咱啥都不为，为了秦教练，为了常爷爷，为了帮助过咱的人……也得好好踢呢。

孩子们郑重地点点头。

秦哲：校长说得对，我和你们一样，为了校长，为了我们的梦想，加油！

孩子们：加油！

比赛的哨声响起，孩子们满怀希望地走向球场。

球场上，双方小队长掷出了开球的硬币，陈浩轩踢出了比赛的第一脚……

看台上的欢呼声此起彼伏，马校长和秦哲静静地看着。

球场上的战况并没有像预期的那样好，石湾小学的孩子们一直被压着节奏踢。

球场另一边的老师和教练对自己的球队很是满意，露出恣意的微笑。

球场边，秦哲仍平静地看着，马校长的加油声似乎大得盖过了所有人……

马校长：加油！加油！

114. 山路上　日　外

高有才、王菊兰带着两拖拉机的学生家长们举着横幅往赛场赶着。

横幅上写着“山连着山，川连着川，孩子的理想连着天”，“山连着山，川连着川，石湾的孩子不一般”……

115. 县一小操场上　日　外

赛场上，记分牌上的数字1：0，石湾小学落后一分。

孩子们仍然在拼搏着。

场边的马连成有些着急。

马连成：秦教练，你看还有没有更好的战术啊？

说完马连成指了指旁边的几个替补队员。

马连成：用不用换个人啊？

秦哲：今天的比赛，什么战术都用不上，所有的可能只能靠孩子。

马连成琢磨着……

孩子们努力地拼抢着。

突然，马连成听到了别样的加油声。回头一看，球场入口处，高有才和王菊兰带领的乡亲们加油团浩浩荡荡地入场了。边走边喊着：“山连着山，川连着川，孩子的理想连着天”，“山连着山，川连着川，石湾的孩子不一般”，“老马老马，老当益壮”……

马连成：这阵势，我这辈子都没见过！

秦哲：我这辈子也没见过！

场上的孩子显然注意到了自己父母的到来，状态有了明显的改观。

此时，裁判吹响了中场的哨音……

孩子们垂头丧气地奔向了马连成和秦哲，看台上，学生家长亮出了手上挎着的篮子，篮子里装着鸡蛋等各色食物。

家长甲：高老师，王老师，孩子们是不是饿了，我去给送上些吃的，补充补充能量。

家长乙：就是就是，还有多长时间开始呢，要不我们下去给娃们捏捏胳膊，揉揉腿啥的。

众人七嘴八舌地讨论着……

高有才：呀，不是这么回事，这么大个场面，咱们懂个啥啊，马校长和秦教练有办法。

孩子们围着马连成和秦哲，表情有些失落……

秦哲：孩子们，上半场整体看起来还是不错的，只是以前踢球的一些影子还没彻底扔掉。所以，导致了上半场的失利，只要下半场把我们平时训练的劲头踢出来，输赢并不重要，不要把结果看得太重。

马校长：秦教练说得对着呢，结果不重要，重要的是你们努力了。要把最好的水平踢出来，给你们的父母看看。

听到校长和教练这么说，有的孩子已经骨碌骨碌地滚起了眼泪，偷偷地望向了远处的看台。

看台上，孩子们的父母大声喊着：“好好踢，踢赢了晚上带你逛县城”，“好好踢，踢赢了我给你买新衣服”，“别辜负了你们马校长”……

呐喊中的家长们眼中流露出难掩饰的期盼……

孩子们静静地看着家长，接受着父母传递过来的爱……

球场另外一边，教练兴高采烈地给小队员们讲解着战术。

教练：没问题，就按这个节奏来，一定能赢下那帮山里娃。

此时，下半场开始的哨声响起了。

秦哲和马连成异口同声地：孩子们，相信自己，你们是最棒的！

孩子们则不约而同地：拼了！

随着哨声的响起，下半场的比赛继续着……

场上孩子们的状态或许受到了马连成和秦教练以及父母的影响，发生了质的变化。

看台上的呐喊声有了倾斜，更多的观众在为石湾村的孩子加油。

场边的马校长比上半场平静了许多……

116. 长途汽车站　日　外

张鹏宇边走边回头，跟着爸爸（爸爸的手臂上戴着一个“孝”）走向售票口。

张鹏宇爸爸：在这等着，我去买票。

说完走向了售票口。

张鹏宇趁爸爸买票时没注意自己，转身拔腿就跑……

张鹏宇爸爸发现后奋力追赶着。

张鹏宇爸爸：我的爹啊，这得多大的力量啊……

117. 球场上　日　外

看台上的所有人都在奋力地呼喊着，加油声和呐喊声此起彼伏。

球场上，孩子们仍奋力拼搏着，石湾小学队明显占据优势，场边的马校长再也按捺不住自己的激动，跟着看台上的观众呼喊着，秦哲的眼睛死死地盯着孩子们脚下的球，像是在祈祷着什么……

陈浩轩终于在大家的团结配合下踢进了扳平比分的一球。

球场边的记分牌改为了 1 ∶ 1。

众人欢呼着，看台上的一个角落有两个外国友人在记录着什么……

秦哲：比赛这才刚开始。

马连成：就是，刚才还不适应……

球场入口处，张鹏宇呼哧带喘地来到了球场，停下脚步，看着场上的队友们，满脸的激动，他快速搜寻着，冲向了马连成和秦哲。

张鹏宇跑到马连成和秦哲身边，大声地喊着：校长，教练，我回来了！

二人转身望向张鹏宇，秦哲向他竖起了大拇指。

马连成：娃娃，好样的！

张鹏宇露出了久违的笑容。

马连成：秦教练，让他上场吧！

秦哲：成呢！

秦哲刚准备举起换人的牌子。

马连成：等等。

秦哲诧异。

马连成快速地脱着张鹏宇的小外套，然后又脱着自己的队服。秦哲领会到了马连成的意图，赶忙从包里拿出来马连成的外套，在外套的遮挡下，马连成迅速地脱下了自己身上的运动裤，也脱下了张鹏宇的小裤子，给他套上了一身队服。

张鹏宇穿着并不合体的队服上了场，马连成和秦哲脸上的喜悦难以言表……

球场上的陈浩轩等人看到张鹏宇归来，异常兴奋。张鹏宇跑到陈浩轩身旁，两人击掌，孩子们看到张鹏宇的到来，又燃起了新的希望。

陈浩轩：张鹏宇，你回来了！

张鹏宇：我再也不走了！

张鹏宇和陈浩轩等人完美的配合给石湾小学队带来了希望，但对方的表现仍给孩子们施加了巨大的压力，孩子们努力冲破重重困难，泪水汗水交织着。

看台上的孩子父母和观众，正在用最饱满的情绪给孩子们加油助威……

球场上的孩子们绞尽脑汁拼搏着，努力找寻着打破僵局的机会。

球场边的马连成看着焦灼的场面显得有些焦急，不时地望向秦哲。

秦哲盯着自己手腕上的表看了看，也有些着急，但眼里充满着信心。

马连成：秦教练……

秦哲：还有时间，有时间就有希望！

马连成回头看了看看台上的家长们，又看了看场上的孩子们。

马连成：秦教练，这三个月欠下你的工资，我改天还你。

秦哲：你欠下我的恐怕不只三个月。

马连成：那你从这离开后去哪……

秦哲突然大喊：别说话……

此时全场的观众仿佛都听到了秦哲的喊声，异常安静。

马连成突然眼神 转，死死地盯着球场的孩子，球场上足球在张鹏宇和陈浩轩的脚下妙传着，一步步向对方的球门靠近……

张鹏宇：为了校长，为了胜利，拼了！

陈浩轩：为了校长，为了胜利，拼了！

这句话随着足球的滚动，在每一个石湾小学的孩子口中传递着……

陈浩轩和张鹏宇完美地配合着，离球门更近了，突然，陈浩轩将球传给张鹏宇，张鹏宇完美控球，寻找射门的机会。

整场的空气仿佛凝固了，马连成、秦哲等所有的人都屏住了呼吸，等待着……

张鹏宇一脚抽射，足球画出一道优美的弧线，洞穿了对方的球门。

欢呼声、呐喊声瞬间充盈了整个球场上空。

激动的马连成一把抱住了秦哲。

场上的孩子们用自己的方式庆祝着进球。

家长们流着泪欢呼着。

马连成激动地：秦教练，感谢你。

秦哲：是我得感谢你。是你改变了我。

马连成：是孩子们改变了我们……

秦哲：他们来了！

马连成转眼望向孩子们，此时胜利的小英雄们张开臂膀冲着他们奔跑过来。

马连成再也抑制不住内心的激动，眼泪充斥着眼眶……

孩子们并没有抱住他们，而是整整齐齐站成了一排，以最工整的姿势向两位老师深深地鞠了一躬……

马连成：孩子们，谢谢你们……

马连成激动的泪水再也控制不住……

马连成双手捧起孩子的脸，一个个地亲了下去……

秦哲被这种场面感动着……

秦哲带领孩子们抱住了马连成……

此时的他们是全场的焦点，一张张熟悉的和陌生的面孔透露着难以言表的喜悦……

马连成泪眼婆娑地回头望了望全场的人们，人群中他看到了激动的家长们，不知何时赶到的马连成媳妇向马连成竖起了大拇指……

高有才和王菊兰冲下看台也来到了孩子们中间庆祝着……

马连成擦去激动的泪水，牵起孩子们的小手，向所有人深深地鞠躬致谢。此时，秦哲和王菊兰的手牵在了一起……

所有人以最热烈的掌声回应着他们……

马连成深情地：孩子们，咱回呢！

大手拉小手的画面定格在欢呼声中……

118. 新石湾小学门口　日　外

崭新的教学楼耸立在高原上，所有孩子们身着校服整齐地站在操场上，注视着前方……

随着一块红布的掀开，牌子上“足球特色学校”几个大字映入眼帘，秦哲、马连成注视着孩子们……

所有孩子整齐地敬起少先队礼……

（剧终）